CW00644676

Anne Serre

# Les débutants

Mercure de France

L'auteur a bénéficié, pour l'écriture de cet ouvrage,
du soutien du Centre national du livre.

*Mais peut-être ne décidai-je rien et me retrouvai-je dans l'action alors que je me croyais encore dans les chimères.*

MORAVIA

En août 2002, Anna Lore, quarante-trois ans, tombe follement amoureuse de Thomas Lenz, cinquante-six ans. Depuis vingt ans Anna vit avec Guillaume Ruys qu'elle aime et qui l'aime, ils n'ont pas eu d'enfants mais Anna n'en souhaitait pas et Guillaume en avait eu deux de son précédent mariage. Leur vie était heureuse et ne s'était jamais heurtée aux poids de la routine ni de l'ennui, ils faisaient toujours l'amour et avec beaucoup de fougue, voyageaient parfois, se chamaillaient rarement, il était architecte, elle écrivait pour des magazines d'art, elle avait en lui une confiance d'enfant, il la considérait comme une merveille.

Or, le 6 août 2002, dans une rue de Sorge où ils vivaient, commune d'environ dix mille habitants, Anna vit venir à elle un homme qu'elle connaissait vaguement de vue, dont elle savait presque le nom. Haut, mince, Thomas Lenz s'était un peu courbé pour la saluer, désirant lui dire quelque chose. Autour d'Anna, l'espace avait changé. Il voulait la féliciter pour un article d'elle qu'il avait lu et se permettait de le faire, disait-il, l'article en question étant affiché derrière la vitrine de la librairie centrale. Il n'avait aucune intention de l'entreprendre, expliquera-t-il plus tard, juste celle d'être poli et aimable avec cette femme dont il connaissait le nom et qu'il avait déjà croisée dans les rues. Mais en dehors du fait qu'elle écrivait pour un magazine d'art qu'il achetait de temps à autre, il ignorait tout d'elle et de sa vie.

La conversation se prolongea un peu comme lorsque l'on rencontre quelqu'un dans la rue en été, qu'il fait très beau et que rien ne vous presse, d'ailleurs Thomas était en vacances. Ils parlèrent d'art et puisqu'ils étaient devant la terrasse d'un café, ils allèrent s'y asseoir pour poursuivre. Mais le mal déjà était fait et pour tous deux. Anna le sut tout de suite ; Thomas eut l'impression d'éprouver un curieux sentiment mais comme il ne pratiquait guère l'introspection il ne s'y attarda pas. Et plus tard, il expliqua qu'alors il ne l'avait même pas trouvée particulièrement jolie. Il l'avait jugée charmante, mais surtout, intéressante. Il avait pris plaisir à bavarder avec elle.

Certes, rien n'était encore parvenu à sa conscience mais le lendemain il se trouva au même endroit à la même heure. Anna aussi. Ils reprirent un café et continuèrent à parler d'art. Elle se sentait très bien avec lui. Elle se disait, après tout, c'est agréable cette conversation, cela ne porte pas à conséquence et puis cela me distrait, un nouvel interlocuteur. En réalité, déjà elle le désirait avec une grande force puisque le désir était né à sa vue, mais elle repoussait ce désir au fond de son cerveau, dans un coin. Elle ne parla pas de cette rencontre à Guillaume, puis elle lui en parla : j'ai pris un café avec Thomas Lenz, tu sais, le chercheur, il est très sympathique. Dans le cœur de Guillaume qui connaissait Anna par cœur il y eut une toute petite déflagration. Il n'y prit pas garde, retourna à ses occupations et dès ce jour se mit à lui faire l'amour beaucoup plus souvent et beaucoup plus ardemment que les mois passés, et cela dura, on le verra, pendant toute une année.

Quelques jours plus tard, alors qu'il pleuvait et que la température avait considérablement baissé, Anna et Thomas se croisèrent à nouveau à la même heure au même endroit. Elle se dit ; je vais dire non. Il s'approcha, proposa un café, elle dit non. Plus tard il déclarera qu'elle lui avait parue glaciale et qu'il en avait été un peu vexé. Une fois encore, le soleil revenu, ils se trouvèrent au même endroit ; elle inventa un prétexte pour ne pas s'attarder. Puis un jour qu'elle se promenait avec sa sœur dans la campagne à une dizaine de kilomètres de Sorge, il apparut soudain sur le chemin, accompagné d'un enfant, venant à sa rencontre une fois de plus. Il expliquera que dans

13

leur deuxième conversation au café elle lui avait dit qu'elle aimait bien aller parfois du côté de ce village ; or, ce jour-là, il ne savait pas pourquoi, il avait eu envie d'aller s'y promener lui aussi et un neveu l'avait suivi.

Cette fois encore il la trouva glaciale ; à vrai dire, elle était saisie par ce hasard. Et puis elle était gênée parce que lorsqu'il était apparu elle était en train de se disputer avec sa sœur et craignait qu'il ne lui ait vu le visage crispé, désagréable et ne l'ait entendue parler brutalement. Au moment de se serrer la main pour se dire au revoir il y eut une confusion de mains tendues, celle de la sœur, celle du neveu, celle de Thomas, la sienne. Si bien qu'ils finirent par se serrer la main d'une curieuse manière, un peu comme l'on fait une « chaise à porteurs », au-dessous des autres, maladroitement, malaisément, mais de toute évidence se cherchant.

Il lui rappelait quelqu'un mais elle ne savait pas qui. Et ce souvenir impossible fut un élément majeur dans la construction de son amour. Chaque fois qu'elle cherchait elle s'approchait d'une forme, mais la forme s'éclipsait pour faire place à une autre qui n'était pas non plus la bonne. Il lui évoquait certains personnages de fiction, et même l'atmosphère de certains livres. Il lui évoquait peut-être aussi une langue, la langue d'un auteur qu'elle aurait beaucoup aimé. Elle

14

feuilletait mentalement son imagination, ses souvenirs, trouvant des images de personnages mais aucune ne s'accordait parfaitement à lui. Sur aucune d'elles il n'aurait pu se coucher au point de la recouvrir exactement. Il était peut-être composé de plusieurs images de personnages qui l'avaient touchée.

L'été finissait, Thomas Lenz, qu'elle avait fermement tenu à distance après les premières rencontres, repartit. Il était entré dans son esprit mais elle l'en chassait pour rester loyale envers Guillaume. C'est pourtant en septembre, alors qu'elle était à Paris pour quelques jours, seule, ayant rendez-vous avec le directeur de son magazine d'art, qu'après le déjeuner qui avait eu lieu porte d'Auteuil, ayant envie de marcher sous la pluie très fine et les feuilles des arbres qui tombaient doucement en tournoyant, elle se dit subitement, comme s'il n'avait été question que de cela en elle depuis l'été, comme si elle trouvait enfin l'objet qu'elle cherchait depuis l'été : mais je l'aime. Oui, c'est cela, je l'aime. Et comme sa sœur chez qui elle était descendue vivait au sud du quatorzième arrondissement, elle traversa tout Paris à pied dans la brume légère et la pluie fine, chaussée de ses nouvelles bottes noires, se disant tout du long : mais je l'aime. Je l'aime.

Et elle chercha le moyen ou le rêve d'entrer en contact avec lui. Elle ne voulait pas tant le joindre que s'assurer qu'elle le pourrait. Il vivait à Bordeaux «près du parc bordelais»; il le lui avait dit dans la conversation, elle avait retenu le parc. Elle consulta le Net, l'annuaire : ses coordonnées n'apparaissaient nulle part. Pas une adresse, pas un numéro de téléphone, et sur Google seulement des articles qu'il avait fait paraître et la mention de colloques auxquels il avait participé. Mais il y avait une photo de lui qu'elle regarda cent fois. Oui, c'était lui tel qu'elle l'avait aimé. Le hasard, à nouveau, prêta main-forte. Fin septembre, alors qu'elle était à Sorge avec Guillaume, son magazine lui annonça qu'il l'enverrait à Bordeaux en novembre pour rendre compte d'une exposition. Elle commença alors à se sentir déchirée. Une déchirure profonde, tragique, comme dans une robe de soie commença à s'ouvrir en elle. Chercherait-elle à le joindre ? Ne le chercherait-elle pas ? Elle avait à Bordeaux une cousine qui connaissait vaguement la mère de Thomas Lenz. Passerait-elle par cette cousine pour essayer d'obtenir son numéro de téléphone ? Elle finit par le trouver et se sentit un peu apaisée. Elle ne l'appela pas.

En novembre elle se rendit à Bordeaux, et pendant les deux jours que dura son séjour elle l'espéra dans le centre de la ville où elle savait qu'il travaillait et où, à l'heure du déjeuner, elle passa et repassa devant des dizaines de cafés et brasseries. Après six heures du soir elle fit le tour du parc bordelais deux fois, trois fois, et le deuxième soir sillonna les multiples rues adjacentes. Elle aurait voulu qu'il apparaisse venant à sa rencontre comme à Sorge puis dans la campagne. Il n'apparut pas. Au retour, dans le train, puisqu'elle avait obtenu son numéro de téléphone elle lui envoya un sms déjà absurde : je rentre de Bordeaux où je n'ai pas eu le temps de vous appeler pour prendre un verre, mais il se peut que je revienne pour mon travail. Il a désormais mon téléphone ; il peut désormais m'appeler, pensa-t-elle. Il ne l'appela pas. À une prochaine fois, donc, répondit-il par sms, et il ajouta merci. L'affaire en resta là.

Avec Guillaume la vie reprit comme à l'accoutumée. Une seule chose avait changé : elle le désirait moins. Mais pour le reste elle l'aimait, elle était heureuse avec lui, elle noyait Thomas dans ce qu'elle considérait comme des rêveries. Au fond d'elle, elle savait tout de même avec certitude qu'elle le croiserait à nouveau l'été prochain à Sorge puisqu'il y venait chaque année et cette certitude était un socle. Guillaume proposa de quitter Sorge au mois d'août prochain. Elle accepta pour tous les autres mois de l'année mais pas pour août ; elle adorait le mois d'août à Sorge. Tiens, c'est nouveau, dit-il, tu disais toujours que tu aimerais bien partir l'été. Ah bon ? disait-elle. On change. Et elle faisait semblant de n'accorder strictement aucune importance à tout cela. Elle était trop absorbée par ses articles, les expositions à aller voir. Quand elle allait à Lille, Lyon, Genève, Marseille, elle regrettait toujours que ce ne fût pas Bordeaux. Mais même à Marseille ou Lausanne elle l'espérait dans les rues. Après tout, lui aussi peut bien voyager, pensait-elle. Et le monde était donc désormais rempli de lui puisqu'à tout moment et partout il pouvait apparaître dans une rue, toujours une rue, et venir à elle.

En mars, elle dut retourner à Bordeaux pour son travail. Elle avait tant de choses à y faire qu'elle ne put le chercher même si elle l'espéra. Elle vit dans la vitrine d'une boutique une robe qui lui plut beaucoup mais qu'elle n'eut pas le temps d'essayer. De retour à Sorge, cette robe prit des proportions dans son esprit. Elle la voulait, il la lui fallait, il lui semblait qu'avec cette robe quelque chose serait possible. En mai, elle déclara à Guillaume un peu surpris mais habitué à ce qu'Anna ait parfois des fantaisies, qu'elle voulait revenir à Bordeaux pour acheter cette robe fascinante qu'elle avait vue dans une vitrine et qui était «la robe de sa vie». À vrai dire, il fut inquiet. Il se demanda ce qu'il y avait à Bordeaux. Mais comme au cours de ses deux séjours Anna avait noué des relations amicales avec quelques personnes liées aux expositions dont une certaine Odette qui appelait souvent, il se rassura. Elle s'ennuie à Sorge, pensa-t-il. Elle a besoin de déplacements. Et en juin il l'emmena passer quinze jours dans une belle région où ils allèrent de village en village, dormant et vivant dans des endroits charmants. Elle se sentait comme toujours merveilleusement bien avec lui, l'accord était parfait, il eût été impensable qu'un autre homme advienne, elle avait seulement un peu moins envie de faire l'amour avec lui, sentait que cela l'inquiétait, alors elle s'y livrait parce qu'elle l'aimait, voulait qu'il soit heureux, et puis sous ses caresses elle se sentait toujours reverdir.

En mai, donc, elle était retournée à Bordeaux pour essayer et sûrement acheter cette robe qui lui avait tant plu. Mais rien ne se passa comme elle l'avait prévu. L'hôtel *L'Évêque* sur les allées de Tourny où elle était descendue les autres fois et où elle s'était sentie très heureuse, était complet. Elle se retrouva dans un autre hôtel où il ne restait qu'une toute petite chambre, chère, sous les toits. Dans la glace de l'armoire elle se trouva mal fagotée, vêtue d'une robe trop courte, d'un cardigan mal assorti. Il y avait eu aussi tant de tension dans son désir de revenir à Bordeaux qu'elle était désormais un peu fatiguée. Elle craignait, en sortant, de croiser Odette, Cyrille, les gens de l'exposition qui lui demanderaient ce qu'elle faisait à Bordeaux. Il faudrait à nouveau mentir, inventer, car au fond Anna s'était souvent trouvée dans des situations où elle avait eu à mentir, inventer, elle ne savait plus très bien lesquelles au juste mais dans la circonstance, elle eut l'impression d'un retour des choses.

Elle descendit dans les rues pour trouver une brasserie où dîner rapidement, mais inquiète, rasant les murs, détournant le visage lorsqu'une voiture la croisait. C'était idiot et disproportionné : si elle avait rencontré Odette ou Cyrille il n'aurait pas été si difficile de leur dire, j'ai un rendez-vous amoureux. Mais ce rendez-vous qui n'en était pas un, ce rendez-vous si particulier avec le hasard, le destin, plus qu'avec un homme, la mettait probablement mal à l'aise, l'affolait peut-être. Jamais de sa vie assez réglée elle n'avait entrepris d'aller chercher dans les rues un homme qu'elle aimait. Elle pensa à Adèle H. À la certitude de celle-ci d'être aimée du lieutenant Pinson, à cette foi si totale qu'aucune déclaration contraire de l'autre, aucune de ses explications claires et fermes ne suffit à l'entamer. Anna s'était-elle demandé si Thomas était aussi épris qu'elle ? Non. Elle en avait la certitude.

On le saura plus tard, en effet, Thomas attendait. En lui des formes se mouvaient, vagues. Une légère inquiétude et une pointe d'espoir sans objet précis, irraisonné chez lui qui menait une vie calme, sans passion et pensait la mener ainsi jusqu'à terme, le surprenaient un peu comme les premiers symptômes d'une maladie, comme lorsque le corps fait entendre un son inhabituel, se crispe à un endroit inconnu, que ce n'est plus tout à fait votre corps, celui que l'on connaît par cœur, mais presque le corps d'un autre. D'ailleurs, il eut une maladie. Pas grave, mais qui nécessita tout de même une petite intervention chirurgicale suite à laquelle son sexe devint inerte. Il ne s'en affola pas. Il n'avait plus de compagne depuis quelque temps, il ne désirait pas particulièrement en trouver une autre, sa solitude lui convenait assez bien. C'est alors qu'il vit Anna dans Bordeaux. On était en mai, il relevait de son opération et marchait avec un peu de difficulté. Il la vit sur l'autre trottoir d'une avenue, allant vite, l'air pressée, il hésita une seconde à lui faire signe mais il ne le fit pas, il était furieux. Elle était à Bordeaux et ne l'avait pas appelé ? Qu'elle aille au diable, pensa-t-il. Et sa colère l'étonna.

Le lendemain de son arrivée en mai à Bordeaux, du dîner un peu triste dans une brasserie désagréable où elle n'avait pas osé commander plus d'un verre de vin, était rentrée à l'hôtel sous la pluie, avait appelé Guillaume pour le rassurer, Anna s'apprêta à sortir tôt dans la matinée, ayant recouvré son énergie et dans les dispositions d'une personne qui a beaucoup à faire ce jour-là. Or, elle n'avait strictement rien à faire, sinon trouver la robe qui déjà l'intéressait un peu moins et circuler dans Bordeaux jusqu'à ce qu'elle y croise Thomas. Pour s'occuper elle entra dans quelques boutiques mais elle n'y restait pas longtemps craignant que ce ne soit précisément à ce moment-là que Thomas passe dans la rue. Il lui fallait donc rester en vue. Elle retrouva celle de la robe, la robe y était toujours mais n'était pas si extraordinaire que cela. Elle l'essaya, trouva qu'elle ne lui allait qu'à demi, ne l'acheta pas. Dans Bordeaux où elle fit des kilomètres ce jour-là, des nœuds, des voltes, des allers-retours, elle se sentait comme à ce jeu où quelqu'un cache un objet quelque part, l'autre le cherche et on lui dit : c'est froid, c'est chaud, tu brûles, là c'est glacial. Dans certaines rues et à certains moments de la journée c'était glacial, parfois tiède, elle essayait d'aller vers où cela se réchauffait, à un moment ce fut chaud, très chaud, tu brûles. Mais elle ne le vit pas.

Le soir, comme elle passait devant un bel immeuble où une affiche rédigée à la main invitait à entrer pour assister à une leçon de musique, elle poussa la porte, gravit un large escalier et se retrouva dans une salle où une dizaine de personnes du «troisième âge» répondaient comme des enfants en levant le doigt à une institutrice dynamique qui leur faisait écouter des morceaux et les interrogeait. Elle resta. C'était assez catastrophique de se retrouver dans un endroit pareil, à son âge, avec sa vie et ses projets, son énergie et ses grands rêves, mais elle s'était très souvent trouvée dans ce genre de situation, de manière ponctuelle certes, pendant une heure ou deux, une ou deux fois par an. Elle connaissait ce trou de l'âme et le bien très étrange que peuvent procurer ces incursions dans un monde simpliste, un peu pathétique où elle se sentait absolument déplacée, presque inquiétante pour les autres, mais reposée pendant quelques minutes. On la considéra avec sympathie, c'est tout juste si au moment de la pause on ne lui offrit pas des gâteaux préparés par les élèves, mais quand l'institutrice voulut la faire chanter, prévenante et enjouée comme une infirmière de maison de retraite, elle refusa puis s'éclipsa. En regagnant la rue elle se sentit mieux; dehors était tout de même plus vivant que dedans.

Le lendemain matin, elle était presque en colère qu'il ne soit pas apparu. Aussi, lui tourna-t-elle résolument le dos pour aller visiter un château en dehors de Bordeaux où elle ne l'attendit ni ne l'espéra. À aucun moment. Dans ce château, un groupe de Russes cornaqué par un guide bruyant la précédait de salles en salles. Elle se promena un peu dans le parc mais ne s'intéressait pas à grand-chose. Seule une légère colère vibrante l'occupait. Elle téléphonait à Guillaume, un peu trop, ce n'était pas dans ses habitudes d'être ainsi pendue au téléphone, pour lui dire que comme convenu elle rentrerait le lendemain, que la robe était moche, qu'elle s'était trompée, et puis elle inventa une exposition pour justifier son désir de ne rentrer que le lendemain soir. Guillaume fut rassuré de la sentir mélancolique.

Elle savait, le lendemain, qu'elle ne le verrait pas, que le moment était passé. Comment sait-on si sûrement ces choses-là? Parce que votre propre désir est moins grand? Moins intense? Par acquit de conscience, comme une personne

qui fait méticuleusement son travail, elle marcha encore et vira encore, de rues en rues, de
places en avenues, et prit un verre à une terrasse
devant laquelle se déroula une scène curieuse :
passant devant un kiosque à journaux, un jeune
homme rafla quelques magazines et partit en
courant. Au voleur ! Au voleur ! cria la kiosquière
et quatre hommes quittèrent la terrasse à la pour-
suite du voleur de journaux. Elle eut l'impression
de se trouver dans un film de Vittorio De Sica,
espéra que l'on ne rattraperait pas le garçon, les
badauds commentèrent longuement ce vol à la
tire, devant elle il y avait une sorte de palais blanc
(le théâtre ?) et des arbres aux branches en fleurs
au-dessus de sa tête. C'était fini pour cette fois-là,
elle savait que cette fois-là elle ne le verrait pas.
Cela la reposait un peu, la tranquillisait. Elle avait
fait ce qu'elle devait faire, ce que lui commandait
tout son être. Jamais elle n'aurait à se reprocher
d'avoir été pusillanime, d'être passée à côté de
son destin. Mais ce n'était que partie remise.
Le rencontrer cette fois-ci, ç'aurait peut-être été
trop beau, ou trop rapide. Les amours, surtout
ceux-ci sont comme des livres ; ils demandent
à être écrits, on ne trouve pas toujours l'entrée
du premier coup, il faut y revenir, s'acharner,
tourner autour, reprendre. C'est un travail. Elle
acheta chez un brocanteur des boucles d'oreilles
en écaille qu'elle ne porta jamais par la suite ;
elle ne portait jamais de boucles d'oreilles. Mais
verser son obole dans une petite boutique de Bor-

25

deaux, c'était comme lancer une pièce de monnaie dans une fontaine, assurance, dit-on, que l'on reviendra.

Elle l'oublia d'autant mieux que l'été prochain arrivait bientôt. Il restait juin, juillet, aux premiers jours d'août à Sorge elle le croiserait, et si ce n'était pas cette année-là ce serait la suivante. C'est alors que Guillaume fit quelque chose de malheureux. Sans lui en parler il avait acheté un appartement sur un front de mer. Il l'emmena le visiter comme s'il lui faisait une surprise, comme s'il allait lui déclarer que cet appartement était pour eux, or, à l'arrivée, elle comprit qu'il désirait faire un investissement et louer cet appartement. Certes, c'était pour eux, pour qu'ils vivent avec plus d'aisance, et pourtant, inexplicablement, cet incident accrut la déchirure en elle, celle précisément qui avait été ouverte lorsque munie du numéro de téléphone de Thomas elle avait cruellement et longuement hésité : l'appellerai-je ? Ne l'appellerai-je pas ? Et ce qu'elle sentit avec cette histoire d'appartement fut même si fort qu'elle aurait pu dire avoir entendu la soie craquer sur une bonne longueur. Mais pourquoi donc ? Elle n'avait jamais désiré un appartement en bord de mer ; elle n'aimait même pas tellement la mer. Peut-être était-ce qu'elle avait alors perçu pour la première fois depuis vingt ans, ceci prouvant une sorte d'aveuglement, de candeur anormale à son âge, que Guillaume n'était pas seulement et entièrement collé à elle de tout son long, qu'il avait ses idées, ses projets, ce qui est parfaitement normal se disait-elle, mais c'était comme si on l'arrachait d'un rêve.

Elle se reprit tout de suite, trouva l'appartement agréable, bien placé. Il faisait une chaleur terrible ce jour-là, sans un souffle de vent, elle l'attendait dans la voiture pendant qu'il signait des papiers avec l'agent immobilier, il avait mis en marche la climatisation car il veillait toujours à ce qu'elle se sente bien, que les choses soient confortables et douces pour elle. Est-ce là qu'elle cessa de l'aimer ? Dans la rue de cette station balnéaire assez laide, dans une chaleur écrasante, et simplement parce qu'elle comprenait soudain et pour la première fois de sa vie qu'un homme et une femme sont séparés, qu'ils ne font jamais entièrement un comme elle l'avait cru si sottement si longtemps ? Mais c'était aussi parce qu'elle l'avait cru et que cette croyance jusque-là n'avait jamais été démentie par les faits, ou qu'en tout cas, ces faits, qui avaient bien dû se produire déjà, elle ne les avait jamais remarqués en raison de la force extravagante de sa croyance, qu'elle avait pu être si heureuse si longtemps avec lui. On n'aime peut-être jamais que par erreur. Non pas erreur sur la personne, Guillaume était l'être le plus accordé à elle qu'elle ait jamais connu, et l'évidence de leur couple troublait jusqu'aux enfants qui s'arrêtaient devant eux en s'écriant :

oh, les amoureux ! alors qu'ils ne se tenaient même pas par le bras ou la main. Mais elle avait toujours cru Guillaume entièrement collé à elle comme elle l'était à lui, et dans cette circonstance, elle comprit qu'une parcelle de son corps et de son esprit, minuscule sans doute, mais existant tout de même, n'était pas fixée à elle.

Oui, tout fut dégradé ensuite et elle se reprochait de n'être pas plus heureuse avec Guillaume. Elle pensait : pour la première fois il a commis une erreur dans l'équilibre si subtil de l'amour où il a toujours été si fort, je l'aime tant, je suis si bien avec lui, je n'ai pas à lui en vouloir. Mais elle ne lui en voulait pas. C'était pire. C'était juste que dans la robe, l'accroc avait grandi. Nul n'y pouvait rien, ni lui ni elle. Mais pourquoi a-t-il fait une faute, lui qui n'en a jamais fait ? se demandait-elle tandis qu'elle le suivait des yeux au bord de la piscine de l'hôtel où il l'avait emmenée, à vingt kilomètres de la station balnéaire. C'était une très belle piscine taillée dans de la pierre comme une fontaine ou un lavoir. Elle surplombait le paysage et quand on y nageait on avait l'impression d'être en plein ciel. Ils étaient à peu près seuls dans cette «maison d'hôtes», disposant du jardin, d'une terrasse où dîner à deux, de disques et de livres. Elle ne pensait pas du tout à l'autre. Si Thomas était apparu dans son esprit à ce moment-là, elle l'aurait jugé beaucoup moins important que Guillaume. Il n'aurait pas fait le poids en regard du long et grand amour qui l'avait toujours liée à Guillaume. Les êtres peuvent changer de plan dans votre conscience avec une vitesse étonnante. Pendant les dix mois qui suivirent, chaque jour, puis à chaque heure et parfois ensuite d'une minute à l'autre, Guillaume et Thomas ne cessèrent de se déplacer dans son théâtre. Tantôt Guillaume était devant et Thomas au fond de la scène, tantôt Thomas apparaissait et Guillaume disparaissait, et ceci chaque jour, à chaque heure, chaque minute parfois, tant et si bien que lorsqu'elle regardait en elle – et elle ne faisait que cela, accaparée par cette pièce fascinante – c'était toujours nouveau, toujours incertain. Longtemps elle ne sut lequel de ces deux hommes elle aimait, lequel elle préférait. L'un? L'autre? Les deux? Aucun? C'était comme s'ils étaient l'avers et le revers d'une même médaille. Aurait-elle dû la jeter en l'air et décider : c'est pile ou face? Elle la jetait en l'air, c'était pile qui retombait, elle la rejetait, c'était face.

Puis hélas, l'été arriva. À Sorge il faisait très beau, très chaud, mais le soir la température fraîchissait, aussi pouvait-on dormir tranquille et passer les soirées dehors, content de devoir mettre un pull, un châle parce que la nuit tombait. Elle se sentait de nouveau très heureuse avec Guillaume; elle attendait Thomas. Connaissant l'emplacement de sa maison près de Sorge elle était passée deux ou trois fois devant, en voiture.

Un jour elle vit que les volets étaient ouverts et la joie la remplit. Demain, se dit-elle, demain tu seras dans Sorge, au même endroit à la même heure, je sortirai de chez moi, avec un tout petit peu de retard pour voir si tu es capable de m'attendre, mais je te croiserai. Et le lendemain elle sortit, confiante, avec un quart d'heure de retard, il était là au même endroit, bavardant avec un homme qu'il connaissait, bien en vue, en plein milieu de la rue. Saisie, elle s'engouffra dans une pharmacie pour y acheter une brosse à dents, se recomposa un visage, un corps tranquille, et comme elle le rencontrait elle sentit se dessiner sur son propre visage un sourire extravagant, un sourire qu'elle n'avait jamais eu, qui se voulait aimable et accueillant mais qui n'était tout de même pas son sourire habituel.

Ils devisèrent comme si de rien n'était, mais comme la sœur d'Anna surgissait, le saluait à son tour, il suggéra de dîner tous les trois le lendemain dans un restaurant de campagne qu'il aimait bien. Guillaume était absent pour huit jours, Laure était d'accord, Anna accepta et le rendez-vous fut pris chez lui le lendemain soir, après quoi il les emmènerait dans sa voiture. Le lendemain, c'était Laure qui conduisait lorsqu'elles se rendirent chez Thomas. Et dans la voiture il se passa une chose extraordinaire : au bout d'un moment, Anna éclata en sanglots, elle qui ne pleurait quasiment jamais. Laure fut stupéfaite, inquiète, arrêta la voiture, demanda s'il y avait de mauvaises nouvelles (Guillaume avait appelé quelques minutes plus tôt sur le portable). Anna inventa une fatigue, un moment de dépression, elle-même ne savait pas ce qui se passait. C'était qu'elle était en train de rejoindre Thomas et d'abandonner Guillaume, que sa vie se rompait, là, sous les arbres d'une route passant dans un bois, une vie de vingt ans avec l'autre, une vie si heureuse, pour cette image trouble qui refusait de s'accoler à aucune image existante et qui pourtant ne cessait d'en rappeler. La déchirure s'agrandit d'un cran.

Elle avait peur d'être très laide pour avoir tant pleuré. Laure fit un détour par le village voisin où avait lieu une fête foraine. Elles descendirent, circulèrent un peu parmi les stands, bavardèrent avec quelques personnes de connaissance, Anna peu à peu se calma, Laure le sentit, et elles arrivèrent chez Thomas qui au bruit de la voiture entrant dans sa cour sortit sur le seuil. Mon Dieu, c'était chez lui. Il leur fit visiter la maison. Il n'y eut pas un objet, pas une forme, pas une couleur, pas un instant qui échappa à Anna. C'était comme lire un livre avec une concentration extrême. Elle était soulagée que cette maison lui paraisse un peu triste. Puis Thomas les emmena dans sa voiture dans ce restaurant qu'il aimait bien en pleine campagne. Laure avait insisté pour qu'elle passe devant. Thomas était donc à sa gauche, conduisant. Et dans les lumières des phares, soudain, ils virent au milieu de la route un renard qui s'immobilisa. Thomas s'arrêta, le cœur du renard devait battre à tout rompre, la scène dura quelques secondes. Puis comme s'il jouait son va-tout, ayant pesé le risque d'être tué et la chance de survivre, il traversa la route sans bondir et ne se rua dans le pré qu'une fois le talus atteint.

Au restaurant, Thomas ne fit pas une avance, il n'y eut pas un regard, mais l'amour était déjà à son zénith. Comme il était assis auprès d'elle tandis que Laure était en face, elle sentit l'odeur un peu froide et âcre de son corps, celle-ci lui déplut, et comme dans tous les débuts d'histoires d'amour de ce genre elle se sentit très soulagée de ne pas aimer cette odeur, donc de ne pas l'aimer. À la sortie du restaurant ils considérèrent longuement une vallée profonde et ses lumières et fumèrent tous les trois dans un air vif et coupant. Elle n'était plus tellement sûre de ne pas avoir aimé cette odeur. Elle se disait vaguement qu'il faudrait réessayer, vérifier.

Avait-elle l'impression de tromper Guillaume? Oui, bien sûr. Mais c'était comme si un certain passage ne pouvait plus se faire entre sa vie et ses songes. Elle ne pensait pas à l'avenir, n'envisageait nullement de devoir quitter Guillaume un jour quoi qu'il advienne. Elle ne rêvait pas non plus d'une liaison cachée avec Thomas. Elle les aurait voulus tous les deux car c'était comme s'ils se partageaient les heures en elle : à l'un le jour et le soleil, à l'autre la nuit et le sommeil. Et sans comprendre ce que cela signifiait, elle crut que cela serait possible.

à l'un le jour et le soleil, à l'autre la nuit et le sommeil.

Aujourd'hui, lorsqu'elle pense à ce jour-là et à tant d'autres qui suivirent, Anna reste stupéfaite de la force de son embrasement. Non pas que l'embrasement lui ait été inconnu : dans sa vie, deux fois déjà il s'était produit et de la même manière. C'est comme un coin obscur qui prend feu et d'autant plus violemment qu'on aurait versé dessus du pétrole ou de l'alcool. Aussi la flamme monte-t-elle aussitôt, brûlant toute la maison, léchant et noircissant les murs, dessinant des ombres et des formes gigantesques qui dansent une gigue fascinante. Les deux histoires antérieures, pourtant, avaient été malheureuses; l'autre n'avait pas voulu d'elle, pas de cette femme si bizarrement embrasée. Après les premiers mois de joie aiguë, elle s'était retrouvée désespérée de ne pas atteindre le corps de l'autre et avait souffert bien autant qu'elle avait désiré, c'est-à-dire à un point extrême. Il semble que la vie ne nous apprenne pas grand-chose puisqu'elle recommençait, mais c'est aussi qu'on oublie la souffrance alors que le souvenir de la félicité reste vivant. Quelqu'un vient-il à la susciter de nouveau? Et l'on veut une fois de plus être pris dans ce désir extrême que l'on prend pour de l'amour, qui le devient parfois, mais qui n'est rien d'autre, à la vérité, que le désir irrépressible d'être nu contre l'autre.

Mais cette fois, quelque chose avait changé. Dans les deux cas précédents d'embrasement elle n'avait jamais eu la certitude que l'autre répondrait; elle savait même sans doute, depuis le début, qu'il ne répondrait pas. Chez Thomas, elle avait décelé non seulement une réponse possible, mais la possibilité d'un embrasement identique au sien. À quoi? Qui sait. Chaque matin, ou parfois toutes les deux matinées seulement car sans doute leur fallait-il souffler un peu, se reposer, ils se croisaient dans Sorge et parfois à un autre endroit de la ville; il n'était plus nécessaire d'avoir l'esprit fixé sur le lieu précis de leurs premières rencontres. Le destin bien engagé donnait un peu de lest. Elle sortait, faisait deux courses, se promenait, allait jusqu'à la terrasse donnant sur la campagne ou la salle des fêtes du côté opposé. Lui-même allait chez un garagiste à un bout de la ville, passait voir un ami, mais vers onze heures il était bien rare que dans une rue même écartée il n'apparaisse soudain, venant vers elle. Sans commenter ce hasard ils prenaient alors un café ici ou là, parlaient de la ville, de leurs occupations, de leurs lectures, jamais de choses intimes, jamais face à face, chacun d'un côté du guéridon.

Pourquoi n'allaient-ils pas droit au but? D'abord parce que c'était un délice de se tourner ainsi autour, parce qu'Anna inquiétait un peu Thomas qui comprenait mal ce qui se passait en elle, en lui, et parce qu'entre eux, dans le cerveau d'Anna, dans sa chair, dans sa vie, dans toutes ses émotions et ses pensées, il y avait Guillaume. Il l'invita à nouveau à dîner mais cette fois, seule avec lui, puis à se promener ensemble, et chaque fois elle refusa. Il en déduisit qu'elle ne souhaitait qu'une amitié, mais tout ce qui émanait d'elle était si contraire à cette idée d'amitié qu'il pensa avoir affaire à une joueuse, une séductrice. C'est alors qu'elle lui parla de son lien avec Guillaume. Il fut déçu, agacé, décida de considérer cette femme comme une agréable relation de vacances, et les jours suivants, ayant pris le parti d'aller visiter la région le matin, il ne rentrait à Sorge qu'en fin d'après-midi.

Une semaine passa sans qu'ils se croisent; chaque matin il manquait à Anna. Guillaume était revenu et ses après-midi étant souvent libres ils partaient se baigner dans un lac qui n'était qu'à eux, un lac qu'ils avaient découvert aux premiers jours de leur amour et qui jouait un rôle important dans leur histoire. Ils descendaient dans un pré se tenant fermement par la main ; elle l'aimait. Ils retrouvaient leur crique dont il aplanissait soigneusement le sol pour qu'elle puisse s'étendre confortablement. Allongés, ils regardaient en l'air, et au-dessus d'eux des branches de sapin brillantes semblaient enguirlandées d'or et d'argent comme celles de Noël. Ils faisaient l'amour avec la force et la connaissance des vieux amants, se baignaient nus, les estivants étant très rares près du lac, se poursuivaient en nageant, en riant, dans l'eau froide et métallique, se caressaient encore et découvraient des pierres, des poissons qu'ils n'avaient encore jamais vus. Au-dessus d'eux le ciel était bleu vif, Guillaume était heureux et Anna aussi avec lui. Thomas était minuscule dans son esprit. Une fantaisie de l'été. À la rentrée il n'y paraîtrait plus. Cela ne valait pas la peine d'affoler Guillaume avec tout cela, de le faire souffrir. C'était ses fantaisies à elle, elle avait besoin de rêveries.

Mais le matin elle souffrait. La veille de son départ, il réapparut. Ils prirent un café, parlèrent de livres, il avait justement chez lui, à Bordeaux, un livre rare qu'elle cherchait, il lui demanda son adresse pour le lui envoyer. Puis ce fut le jour de son départ et Sorge comme ses alentours d'un seul coup se vidèrent au point qu'elle s'y sentit comme dans un puits aspirant dans lequel elle chutait et tournoyait. En fin d'après-midi il y aurait une fête dans la famille de Guillaume réunissant parents, enfants et petits-enfants. Après déjeuner, elle partit se baigner seule dans un autre lac que le leur, qui d'habitude lui plaisait beaucoup, où pêcheurs et baigneurs ne cessaient de s'affronter, où les rives étaient d'herbe grasse, les grands arbres parfaits pour ne pas brûler au soleil, où souvent l'on croisait des amis et où le panorama, lorsqu'on nageait dans la soie tiède poursuivi par des rainettes minuscules et véloces était splendide. Son angoisse y fut à son comble. Il y avait longtemps qu'elle n'avait pas senti cela, très longtemps. Elle lisait un vieux roman auquel elle n'arrivait pas à s'intéresser et manqua noyer un petit enfant que des amis sur la berge lui avaient confié le temps d'aller nager plus loin.

Dans la famille de Guillaume, belle maison et grand jardin où une vingtaine de personnes plus charmantes les unes que les autres devisaient de l'été, des vacances, elle se sentait horriblement seule alors que tout le monde était gentil avec elle. Elle portait une jolie robe et regrettait que Thomas ne fût pas là. Elle l'imaginait sur la route de Bordeaux, son visage sévère et secret derrière le pare-brise, fumant, écoutant de la musique. Elle se demandait s'il pensait à elle. S'il avait d'autres soucis, d'autres projets, d'autres préoccupations. Elle aurait voulu le soir qu'il lui envoie un sms disant : bien arrivé. Mais voyons, elle était folle, il n'était pas son amant, pas son compagnon. Et Guillaume était inquiet parce qu'elle avait l'air bizarre, elle qu'il connaissait par cœur, qui était plutôt vivante et joyeuse, toujours. Sans doute est-ce hormonal, pensa-t-il.

Elle n'avait donc pas encore compris que Thomas était un homme réel. Elle croyait toujours, depuis un an, que cette figure qui surgissait, très frappante pour elle, était une figure de fiction, un être à rechercher parmi les livres, les souvenirs de livres, alors qu'il était tout bonnement un homme avec sa vie, ses échecs, ses souffrances, ses joies et ses satisfactions. Ce doit être étrange d'être ainsi pris pour quelqu'un d'autre. Assez désagréable peut-être. Une fois ainsi, Anna avait suscité une passion chez un jeune artiste danois. Ce garçon qui séjournait à Sorge avec sa femme et qu'ils avaient reçus Guillaume et elle, à plusieurs reprises parce qu'ils les trouvaient charmants, s'était embobiné d'elle et ne l'avait plus vue que comme une figure de la peinture. Il était fou d'elle ; elle trouvait cela bizarre. Quand elle passait un moment avec lui, elle le traitait comme une infirmière un malade, avec douceur, délicatesse, mais assez surprise par sa folie. À cette époque-là, elle était allée à Rome passer quelques jours chez un vieil ami et ce fou de Georg l'y avait suivie, comme dans un roman, comme dans un poème romantique allemand du dix-huitième siècle. C'était un peu flatteur, sans doute, d'être ainsi l'objet d'une illusion (n'est peut-être pas objet d'une illusion qui veut), mais c'était surtout bizarre. Anna avait toujours l'impression de devoir regarder derrière elle qui il aimait, comme si derrière elle se tenait debout et muette la femme adorée dont elle suscitait l'apparition par sa présence. L'affaire finit fort mal : il quitta sa femme, son enfant, pour vivre dans une solitude ardente et tourmentée. Il y eut ensuite un défilé de jeunes femmes dans sa vie qui ressemblaient toutes à Anna, Anna ressemblant elle-même à une figure de la peinture à laquelle il rêvait de s'unir.

Thomas lui avait d'abord rappelé Jude l'Obscur de Thomas Hardy. Mais aussi Thomas Hardy, parce que la maison de Thomas ressemblait à celle de l'autre Thomas qu'elle avait vue un jour en faisant un voyage d'étude dans le Dorset. Il se peut qu'en réalité les deux maisons n'aient eu aucune ressemblance car Anna avait ce trait, souvent, de trouver des ressemblances entre deux choses qui n'en avaient pas. Elle avait aimé autrefois *Jude l'Obscur* qu'elle confondait tout à fait avec *Ainsi va toute chair* de Samuel Butler. Guillaume, lui, ne lui avait jamais évoqué un personnage de roman. Guillaume était Guillaume, il ne la faisait pas penser au-delà de lui, derrière lui. Sa présence était claire, ferme, massive. Il ne se déclinait pas en dix images comme autant de cartes à jouer, elle n'avait pas à manier ces images, les déplacer, les retourner comme elle le faisait de celles de Thomas, comme si elle eût dans ce jeu à lire son destin. En plus de Jude,

Thomas lui évoquait une dizaine d'autres personnages à des degrés différents : pour les uns, elle pouvait les nommer, pour d'autres, elle avait seulement des silhouettes en tête mais sans pouvoir leur attribuer un nom, une identité précise, pour d'autres encore c'était seulement un type de caractère ou de présence dans certains livres mais aussi certains films.

C'était en tout cas – et elle se sentit ridicule en disant cela un jour – «celui qu'elle avait toujours attendu». Très tôt dans son esprit, peut-être vers dix ans mais peut-être même à six, qui sait, s'était formée l'image d'un homme représentant l'amour. Ce qui la choqua beaucoup lorsqu'elle rencontra Thomas la première fois dans Sorge, c'est qu'il lui ressemblait trait pour trait. À vrai dire, c'était la première fois qu'elle voyait comme matérialisée, incarnée, une image qu'elle avait toujours conservée, qu'elle aurait été bien incapable de décrire parce qu'elle n'était pas précise comme une photo, mais quand elle vit Thomas il occupa cette image. Ce qui est tout de même étrange, c'est qu'elle l'avait forcément croisé d'autres fois, les années précédentes, puisqu'il passait souvent ses vacances à Sorge. Il se peut qu'alors le corps de Guillaume et son amour pour lui occupant tout le champ de sa conscience, elle n'eût pas d'yeux pour autre chose. Époque bénie où une vie calme et heureuse était possible.

Lorsque l'on croise un être qui vous rappelle si fortement quelqu'un sans que l'on sache qui, le plus sage est sans doute de s'enfuir à toutes jambes. Ce qui retient hélas, comme dans un pacte avec le diable, c'est la promesse de félicité extraordinaire que cette apparition suscite. Mais même la félicité extrême devrait peut-être être évitée. Ce n'est probablement pas un état satisfaisant pour l'homme. Hélas, le monde entier vous pousse à rejoindre cette image, se la figurant idéale. Ainsi amoureuse à l'extrême Anna avait besoin de se confier, de recueillir les avis des uns et des autres sur cette histoire, leurs points de vue, et peut-être aussi de se constituer ainsi des garde-fous. Cette année-là, elle dut se rendre très souvent à Paris pour son travail au magazine. Elle y rencontrait tour à tour ses amis, une dizaine d'hommes et de femmes avec lesquels elle était liée, bien souvent depuis ses années d'études. À la question : comment vas-tu ? elle racontait. Les hommes la mettaient en garde ; les femmes s'émerveillaient de sa chance, de sa vitalité : être amoureuse encore une fois, être ainsi bouleversée, quel bonheur. Anna insistait sur le tragique de la situation : Guillaume, son amour pour Guillaume, l'amour de Guillaume pour elle. Les hommes prenaient souvent le parti de Guillaume ; les femmes, celui de l'amour fou.

Elle fut assez perdue pour se répandre jusque chez son gynécologue, sa coiffeuse ou auprès d'un très vieux couple ami de ses grands-parents. Elle se disait : chacun a un savoir sur l'amour ; de tous leurs avis je me formerai une conduite. Le gynécologue était contre cette aventure, le très vieux couple bien embarrassé, en revanche, dans le salon de coiffure, une fois le premier récit de son amour fait à l'une des coiffeuses elle se vit entourée au rendez-vous suivant de trois visages émerveillés, interrogateurs, qui disaient : alors ? Alors, reprenait-elle, eh bien, elle balançait, elle hésitait, ne savait que faire. Elles étaient toutes pour aimer, elles trouvaient toutes les trois que c'était une merveille d'oser changer de vie, elles voyaient tant de clientes déprimées, revêches, ayant gâché leur vie. Et là, elles avaient Anna illuminée, transportée, tourmentée bien sûr mais pour une si noble cause. Il fallait, il fallait aller vers son destin. Elles avaient toutes connu de vives attirances auxquelles elles avaient renoncé. Elles disaient qu'elles le regretteraient toujours. Anna était leur fer de lance, elle était celle qui allait réaliser ce qu'elles n'avaient pas osé faire. Elles auraient été terriblement déçues qu'elle renonce. Et elles soignaient particulièrement sa coiffure, «pour le nouveau».

Désormais, Anna mentait à Guillaume. Car ce qu'elle cachait occupait de plus en plus de place en elle. Le livre promis par Thomas était arrivé, accompagné d'un petit mot discret. Elle dévora son écriture qu'elle voyait pour la première fois.

Elle trouva qu'il avait une écriture d'écrivain. Il lui fallait bien remercier : elle répondit par un petit mot discret elle aussi mais buta sur la formule de salutation. Elle ne pouvait écrire «Avec mon meilleur souvenir», ni «Amitiés», ni «À bientôt» puisqu'il n'était pas question de le revoir avant l'été prochain. Alors elle écrivit «Je vous embrasse», sachant bien qu'elle ouvrait le passage à un fleuve mais croyant encore qu'elle pourrait l'endiguer. Le «Je vous embrasse» produisit son effet. Il envoya un sms pour lui demander son adresse mail, et là, elle sut que si elle la lui donnait c'en serait fini de sa vie jusque-là. Elle se trouvait à Paris quand le sms arriva, près de la Seine, s'apprêtant à prendre le pont des Arts. Il lui fit un tel choc que son cœur se mit à battre très fort, comme celui du renard sur la route de campagne partagé entre la terreur de mourir et le désir violent de survivre. Elle traversa le pont des Arts, entra dans la cour carrée du Louvre, fit le tour de la Pyramide, retraversa la cour carrée, le pont des Arts, recommença. Cela dura deux heures. Au terme desquelles elle envoya un prudent : Je préfère que nous laissions passer du temps. Et tandis qu'elle remontait la rue de Seine, soulagée : Dix ans encore ? répondit-il. Six jours plus tard elle l'appelait.

Pas pour se jeter dans ses bras, non, certes non. Pour lui donner cette adresse qu'après tout il aurait été ridicule de ne pas lui donner. Ils s'enverraient des mails, dialogueraient comme lorsqu'ils prenaient un café à Sorge. Cela ne portait pas vraiment à conséquence. Au fond, ce dont elle avait besoin, c'était d'un contact avec lui, de parler avec lui. Elle n'en dit rien à Guillaume qui n'aurait pas compris, pas admis, se serait inquiété. Que les hommes sont donc sots de s'inquiéter de choses aussi naturelles que le besoin d'un contact avec un autre, se disait-elle. Guillaume la sentait très changée, il n'aurait su dire comment, pourquoi. Il trouvait que lorsqu'elle le regardait, son regard n'était pas le même que d'habitude. Elle disait mais non, elle se sentait fatiguée de sa suspicion, de ses démonstrations d'amour soudain devenues maladroites, inappropriées, à contre-temps, lui qui avait toujours eu du génie dans sa manière de se couler dans le temps, ses humeurs, sa vie intérieure, les accidents de terrain de leur vie. Mais non, je suis seulement un peu fatiguée, j'ai besoin de m'isoler davantage pour pouvoir travailler. Et l'angoisse de Guillaume qu'elle sentait poindre la tourmentait, lui faisait mal. Elle aurait été si heureuse qu'il lui laisse la liberté d'être folle, ne s'en soucie pas, continue à être heureux avec elle parce qu'il l'aimait comme elle était.

Mais ce sont les mails qui devinrent fous. Et Thomas devint sa grande magie du matin. Insomniaque il se levait très tôt, envoyait un mail pour dire bonjour avec quelques lignes décrivant ses occupations de la journée. Vers neuf heures, lorsque Guillaume était parti, elle le lisait et répondait. Elle aussi parlait de sa vie et de ses occupations. Peu à peu il alla mal. Il dormait de moins en moins, se sentait très perturbé, il ne comprenait pas pourquoi. Elle aussi dormait peu, se sentait très perturbée mais elle savait pourquoi. Il avait de la fièvre ; elle aussi. De la difficulté à travailler, à se concentrer ; elle aussi. La ressemblance de leurs symptômes les étonnait. Feignait-il ? Peut-être pas. Il était dérouté par cette femme qui lui disait à la fois je te veux et je ne te veux pas. Mais il y avait quelque chose d'autre, de plus étrange encore : elle avait fait resurgir en lui un souvenir. Un souvenir enfoui, occulté, très ancien, le souvenir de quelque chose de tragique dans son enfance. Au contact d'Anna pendant les cafés pris ensemble dans Sorge, ce quelque chose de très ancien qu'il croyait endormi à jamais avait frémi en lui. Et ce qui était curieux, presque effrayant, c'est qu'en lui parlant on aurait dit qu'Anna s'adressait à cet enfant. Pas à l'homme puissant en lui, ayant un beau métier, de beaux enfants d'un précédent mariage et toute une vie. Non, ce n'était pas à celui-là qu'elle parlait et surtout, ce n'était pas celui-là qui lui plaisait, la subjuguait. C'était l'autre. Le garçon saisi d'une douleur qui ne passerait jamais. C'est pourquoi déjà, sans en savoir les mots, il était fou d'elle.

Elle ne savait rien alors du souvenir. Mais ce qui l'avait tant attirée en lui, oui, c'était une blessure elle n'aurait pas su dire autrement, une blessure contre laquelle la sienne, propre, s'accolait parfaitement. Idéalement. Guillaume avait eu certainement à faire avec cela en elle, mais lui, comme médecin, pas comme un petit frère en pauvreté. Guillaume était fort, lumineux, efficace, très tendre, doué pour être bienfaisant. Lorsqu'il avait rencontré Anna et sa blessure, il l'avait soignée, sans cesse, parfaitement, à travers tous ses gestes et tout son amour, sans en faire un plat, la brusquant parfois, lui faisant prendre des responsabilités qu'elle aurait juré être incapable de prendre, la poussant, lui faisant grimper des sommets alors qu'elle protestait être incapable d'aller plus loin, se moquant d'elle, l'entourant, l'enveloppant, ne la lâchant jamais d'un iota. Guillaume

47

l'avait soignée comme nul autre au monde. Mais par malheur pour Guillaume, elle avait rencontré Thomas, l'envers de cette médaille. Thomas qui, comme elle, s'était bien arrangé de l'existence, fondant sa force sur sa blessure, ne menant pas une vie excessivement gaie mais digne, intéressante, forte, avec ses joies. Et au premier coup d'œil – comment cela est-il donc possible dans un simple coup d'œil? –, Anna et lui s'étaient reconnus.

Oui, au premier café, l'été 2002, alors qu'ils ne savaient strictement rien l'un de l'autre, l'un de la vie de l'autre, elle avait été très frappée par quelque chose. Lui parlant de son article, il s'était dit particulièrement touché par un passage où elle décrivait l'amour fou. Il y revenait sans cesse, disant qu'il avait connu cela, qu'il connaissait ces émotions-là. Et elle avait senti qu'il parlait de quelque chose d'autre, de presque au-delà de l'amour. Pas de sa passion d'adolescent pour une jeune fille, pas de sa passion d'homme jeune pour une jeune femme. Non, il faisait allusion en réalité à quelque chose que peut-être il ne connaissait même pas, à une émotion très forte de l'enfance, à une effraction dans sa sensibilité. Autour d'eux, assis aux tables du café, des gens bavardaient dont certains qu'elle connaissait de vue ou avec qui elle avait déjà échangé quelques mots. Elle avait parfaitement conscience qu'il s'agissait d'une matinée habituelle, pourtant, lorsqu'elle levait les yeux, la place où ils se trouvaient et qu'elle connaissait de tout temps était changée.

Il est certain que si elle avait eu une mère à ce moment-là, et qu'elle se fût confiée à elle, celle-ci l'aurait mise en garde, peut-être même serait-elle parvenue à la retenir. Mais elle ne disposait pas de cette carte dans son jeu. Guillaume lui-même, plus tard, lui dira : mais pourquoi ne m'en as-tu pas parlé alors ? Guillaume n'était probablement pas l'interlocuteur idéal dans cette affaire, mais c'est aussi qu'il y a des choses qui n'appartiennent qu'au secret. Le secret est leur gangue. Il est même leur langage. On peut feindre de le révéler à sa coiffeuse, son gynécologue, des amis, mais en réalité on ne révèle rien du tout, on a seulement l'air de parler d'une histoire d'amour, de parler d'un choix difficile à faire entre deux hommes, et faisant de son histoire celle de millions d'hommes et de femmes depuis que le monde existe – tomber amoureux de quelqu'un alors que l'on est heureux avec quelqu'un d'autre –, d'exposer un très vieux conflit auquel nul, jamais, n'a trouvé de solution. Il faut choisir, trancher, disent les uns. Vivre en cachette cet amour tandis que tu demeures avec Guillaume, disent les autres. Il faut renoncer, prétendent certains. Voyons, tu dois bien savoir qui tu aimes vraiment, déclarent d'autres encore. Mais comment trancher dans sa vie sans se trancher soi-même ? Car il n'y a pas d'une part un homme, et d'autre part un autre. Il y a une vie, palpitante, frémissante comme un organe mis à nu, à laquelle appartiennent ces deux hommes, et rompre avec l'un, quel qu'il soit, c'est peut-être mourir.

Est-ce à ce moment-là qu'elle pensa pour la première fois au suicide ? Non, sûrement pas, cette idée ne lui vint que beaucoup plus tard lorsque les choses devinrent vraiment impossibles. Il y avait une vieille tradition de suicide dans sa famille : à son âge précisément, sa mère, puis une sœur avaient décidé l'une après l'autre de quitter ce monde. Pour la première, Anna n'avait jamais très bien su ce qui la préoccupait. Pour la seconde, il y avait de toute évidence un empêchement à vivre caractérisé, un empêchement total non seulement à être heureuse, mais même à respirer. Chaque fois que ces femmes s'étaient éteintes, Anna avait bravement repris le flambeau, et puis avec Guillaume elle ne risquait rien, avec lui elle ne risquait plus rien, la vie était si pleine, si riche et si heureuse. Ils faisaient des promenades incroyables, des promenades qu'elle ne ferait jamais avec Thomas elle le savait bien. Il adorait marcher, grimper, il l'emmenait sans cesse et partout sur des sommets. C'en était presque comique, cette manie. Couleuvrine, elle aurait voulu rester dans des jardins, des chambres, à fumer, lire, respirer des fleurs, regarder évoluer un insecte, toucher quelques cailloux et écouter au loin sonner les cloches d'une église. Non, non, disait-il. Lui, il avait besoin de grand air, d'effort physique, de sentir son corps et surtout, peut-être, de marcher dans des sentes rudes et de déboucher sur des plateaux d'où le point de vue sur le paysage était toujours une conquête.

Au début, elle le suivait en maugréant un peu, pour lui faire plaisir, mais très vite, dès les premières promenades qui parfois se déroulèrent sous un soleil de plomb comme en Ardèche, la brume et la pluie fine dans les Pyrénées, et même dès la première heure de la montée, une joie et une paix extraordinaires s'installaient en elle. Au point qu'au bout de quelques années, elle y avait pris un tel goût que ses yeux brillaient et son corps bondissait à la prévision de prochaines vacances où ils partiraient, équipés de leurs chaussures et de leurs bâtons, passant par des villages où elle ne serait jamais passée seule, empruntant des chemins qu'elle n'aurait même pas distingués. Pourtant peu entraînée elle n'était jamais fatiguée. Il riait de la voir grimper comme une chèvre, encore et encore, ne pas avoir le vertige, s'asseoir un instant au bord d'un précipice comme si c'eût été le lieu le plus confortable et le plus sûr du monde. Ils mangeaient des melons, des tomates, du saucisson. C'était lui qui portait le sac sur ses épaules, refusant toujours qu'elle se charge de quoi que ce fût. Ils franchissaient des cascades, se baignaient dans de l'eau glacée, voyaient des animaux bondir devant eux, perdaient leur chemin, en retrouvaient un autre et ne croisaient jamais quiconque, entièrement seuls l'un avec l'autre.

Peu à peu, ces promenades enchantées, enchanteresses, dont ils rentraient fourbus mais prêts à repartir pour une autre le lendemain, occupèrent une place de plus en plus grande dans leur vie. On eût dit que l'amour s'était déplacé là. Non qu'ils n'eussent d'autres joies, d'autres plaisirs à terre, mais la joie de dîner ensemble sur la place d'un village, de partager une nouvelle maison loin de chez eux, de découvrir une nouvelle région, et jusqu'à celle de s'embrasser et de se caresser dans leur lit, perdait en intensité ce qu'elle gagnait sur les hauteurs. Peut-être aussi était-ce pour cela qu'ils avaient tant besoin de recommencer. Jamais Anna ne fut plus proche de Guillaume que sur ces sentiers. Quant à lui, l'on peut se demander pourquoi il l'y entraînait tant. Craignait-il que dans le monde d'en bas l'amour d'Anna pour lui ne faiblisse ? Parfois, il disait en riant qu'ils étaient énormes les efforts qu'il devait déployer pour la distraire, attiser sa curiosité, son enthousiasme. Il aimait tant la voir heureuse, pleine de gaieté, chantonnant comme une enfant, délivrée de tout souci. Or, elle ne l'était plus que sur les hauteurs. Souvent, dans le monde d'en bas elle souffrait de quelques maux : ventre, dos, tête, une petite douleur circulait souvent, s'arrêtant ici ou là, la laissant de mauvaise humeur, peu disposée à l'amour, inquiète elle ne savait au juste de quoi.

S'engageaient-ils sur la route d'un village montant parmi les toits et les laissant bien vite au-dessous d'eux, commençaient-ils à pénétrer dans la vraie campagne, celle que l'on ne voit pas des routes, l'odeur des herbes et des cailloux devenait-elle la seule odeur mêlée à celle de leur chair que l'effort chauffait et faisait transpirer, et l'on eût dit qu'aussitôt le cœur d'Anna s'allégeait. Elle se mettait à sourire, à bavarder comme une pie, à s'exclamer, à caresser le tissu soyeux d'une plante ou d'un talus, et son regard tourné vers le sommet semblait toujours parfaitement résolu à en découdre. Il arrivait qu'elle passât devant lui, de moins en moins fatiguée à mesure qu'elle montait, laissant les choses du monde derrière elle, en bas, tous les souvenirs qui font du mal et qui retiennent, le souci de meubler un univers qui souvent était vide pour elle, les conversations et les rapports avec autrui qu'elle ne détestait pas mais qui souvent la fatiguaient.

Était-ce donc la même femme qui à Bordeaux, à la recherche de son amour imaginé, tournait et virait dans les rues, allait, venait, saisie d'une intensité et d'une détermination qui lui donnaient l'impression, fausse certainement, qu'elle était là au cœur de sa vraie vie ? Qu'y avait-il de commun entre elle-chèvre et enfant bondissant sur les sentiers, et celle qui dans Bordeaux avait dessiné d'interminables voltes et demi-voltes? Marcher, sans doute. Les jambes d'Anna sont fines, fermes, musclées car l'une des choses qu'elle a le plus faites dans sa vie avec fumer, lire ou rêver, c'est marcher. Et d'ailleurs, avec Guillaume, que ce fût sur une piste d'ocre rouge parmi des pins, dans un maquis où ils s'étaient perdus et avaient long-temps cherché la sortie comme d'un labyrinthe, autour d'un gouffre où le sentier était si étroit qu'il fallait impérativement songer à autre chose qu'au vide pour ne pas chuter, souvent elle chan-tait à tue-tête les premières mesures de *L'His-toire du soldat* : «A marché, a beaucoup marché.» Histoire du soldat qu'elle avait vue jouer sur des tréteaux un jour de ses seize ans à Sorge.

Ils tombèrent donc malades, Thomas et elle, après cet été 2003 où ils s'étaient revus. Leurs mails devenaient des comptes-rendus cliniques : un peu mieux dormi, et vous? Rage de dents, dentiste tout l'après-midi. Ils n'osaient pas se rencontrer. Anna relisait *La Princesse de Clèves* pour voir comment l'on résiste, comment l'on peut renoncer. Elle ne disait toujours rien à Guil-laume car il fallait l'aimer, car cette histoire avec Thomas était décidément folle. Quand elle y pensait, lui venait toujours l'image d'un rocher fracturé par une explosion. Elle voyait ce rocher blond, éclaté, sous une lumière intense et un ciel bleu vif comme ceux qui furent peints par Cézanne. Le spectacle n'avait rien de sinistre : c'était au contraire comme si la pierre enfin révélait son cœur, son intérieur doux et suave, son trésor de nervures. Mais autour, le paysage était impassible, silencieux, parfaitement indifférent comme l'est toujours la nature. Elle trouvait normal d'avoir un peu mal aux dents, au ventre, aux reins après une telle secousse. Mais il fallait que la maladie s'apaise, car l'on ne peut rien établir, à peine même une conversation, au-dessus d'une anfractuosité de cet ordre.

Dans des moments de sa vie où elle avait été beaucoup plus calme, Anna, lorsque déboulaient des émotions fortes ou des tourments, comparait toujours sa situation, au fond si heureuse, à celle de personnes ayant connu, vécu et subi de terribles choses imposées par l'extérieur : violences et terreurs. Et alors, elle avait honte d'être si luxueusement affectée par des échecs, des malentendus, des désamours. Dans ces moments-là, elle aurait été capable de noter que les femmes sujettes aux grandes passions amoureuses sont souvent oisives, n'ont pas grand-chose à faire de leurs dix doigts et rarement le souci du lendemain. Peut-on imaginer Phèdre travaillant ? C'est un luxe de l'âme que d'éprouver ces bouleversantes émotions, qui, certes, peuvent tuer, rendre folle, et sont la marque d'une profonde transformation. Mais qu'il est beau d'avoir tout loisir de se transformer, de se livrer à ce jeu périlleux, quand tant d'êtres sont d'abord contraints de songer à tenir bon seulement.

Mais quand à la vue de Thomas elle s'embrasa, elle perdit ce pouvoir de comparer, de sortir d'elle-même, et ne vécut plus qu'avec ses émotions intenses, ramassée contre elles, en elles, sentant leur chaleur et leur vie, éprouvant le besoin de les sentir sans cesse, pareille à une chatte dans sa panière collée à sa portée de chatons tout juste nés. En rencontrant Thomas elle cessa de penser; c'est le tour de force de la passion. Elle n'était plus qu'un corps, en vrille, dans les rues estivales de Sorge, et même pas tant désireuse de s'unir à lui que d'être nue contre lui. Comme si ce contact, atteindre son corps, toucher son corps, devait faire d'elle un rameau, soudain la transformer. Jamais elle n'avait eu ce désir-là pour Guillaume, à moins qu'elle ne l'ait oublié car on oublie tout. À Guillaume elle voulut s'unir dès le premier jour, et comme ils cavalcadèrent pendant vingt ans! Thomas, elle voulait le toucher, coller sa poitrine à la sienne comme si une espèce de transfusion s'opérerait alors; ensuite l'on verrait. Mais enfin, elle se demandait bien, tout de même, comment était son sexe.

Ce sexe l'intéressait. Elle aurait voulu savoir comment il était fait, le regarder, le toucher. Au fond, se disait-elle, je voudrais connaître Thomas dans l'intimité, c'est son intimité qui m'attire. Elle aurait voulu savoir comment il se comportait, comment il était dans la nudité et l'amour, lui qui était si secret, si discret, si isolé d'une certaine manière. Quand elle le voyait de loin dans les rues de Sorge, venant vers elle, sa haute silhouette compacte, muette, comme fermée, l'enchantait. Chez d'autres hommes, la sensualité est plus apparente, le corps ne fait qu'un avec les intentions, la possibilité sexuelle n'est pas cachée et l'on n'a pas l'impression qu'en les voyant nus ou en en faisant l'amour avec eux on découvrira quelque chose. Lorsqu'elle avait rencontré Guillaume, elle avait su immédiatement qu'il serait un amant merveilleux, chaud et attentif, gourmand et joyeux, et lorsqu'ils passèrent leur première nuit ensemble il fut exactement comme elle l'avait imaginé, à ceci près que cet amour lui fit un bien fou à l'âme, ce qu'elle n'aurait jamais attendu de l'amour. Mais de Thomas l'on ne pouvait rien savoir, rien supposer. Sinon une surprise, une situation inédite.

Pouvait-elle s'imaginer nue avec un autre homme que Guillaume ? Avec tout autre, non. Avec Thomas, oui, car alors elle serait quelqu'un d'autre. Elle aurait un corps de jeune fille, plus mince, plus libre, plus tendu, un corps d'enfant qui n'a encore jamais été visité. Elle se demandait parfois si au fond elle n'avait pas trop fait l'amour avec Guillaume, trop souvent, trop ardemment. Son corps restait gracieux mais parfois c'était comme si elle avait mille ans, eu sept enfants, été pénétrée encore et encore, trop caressée, trop embrassée. Ce corps avec toute son expérience lui pesait un peu. Avec Thomas elle serait vierge, il faudrait tout recommencer, il serait moins envahissant dans son corps que ne l'avait été Guillaume, il la laisserait plus libre d'avoir toujours douze ans. Et quand elle songeait à son sexe, à sa silhouette nue dans sa maison aux murs épais de Sorge où un jour elle le rejoindrait c'était assez fatal, elle pensait à cette rencontre comme à une sorte de ballet léger, intense, qui la laisserait inviolée alors même qu'il l'aurait aimée.

Tandis qu'ils échangent des mails quotidiens, parfois même plusieurs fois par jour, ne faisant allusion qu'à leurs curieuses maladies (ils maigrissent, ne mangent plus), leurs occupations, leurs réflexions – elle tient à cet échange à distance, car elle veut encore cheminer dans Sorge en pensée; elle n'en a pas fini avec l'événement de sa rencontre –, elle revient sans cesse à son apparition dans les rues, le faisant surgir, disparaître puis surgir à nouveau comme dans ce jeu que l'on pratique avec les tout petits enfants. Hamlet? Oui, il a cette ressemblance avec Hamlet, à moins que ce ne soit avec Lorenzaccio et son justaucorps noir (Lorenzaccio porte-t-il un justaucorps noir?), mais il ressemble aussi au mystérieux horloger de la rue Gay-Lussac, à Paris, qui vend des clepsydres et des sabliers et qui lui-même ressemble à s'y méprendre à un très célèbre poète russe dont on connaît des photos en noir et blanc. Elle aime jouer avec cette poupée sur son théâtre. Cela lui procure beaucoup de plaisir : il apparaît, il disparaît, il apparaît, il disparaît, et parfois, elle le fait surgir comme par surprise d'un coin de rue où elle ne l'a jamais vu. C'est tout juste alors si elle ne rit pas et ne bat pas des mains. Ce serait si merveilleux, pense-t-elle, si rien n'avait de conséquence, si l'on pouvait jouer ainsi comme dans une chambre, à même le tapis, inventant des figures, déplaçant des ombres et décidant que là est un champ, là une forêt, là des amoureux qui s'y rencontrent, là-bas une menace devant laquelle on placerait à temps un obstacle, un barrage.

Elle joue sur le tapis de la grande salle au rez-de-chaussée de la maison de Thomas à Sorge. Oui, elle sait que ce n'est pas normal de jouer ainsi et qu'elle entraîne dans sa chute deux hommes qui n'y comprennent plus rien, voudraient l'aimer, lui faire du bien. Avec sa folie, elle est en train de préparer une catastrophe. Mais c'est que la félicité et la douleur, Guillaume et Thomas, le jour et la nuit se sont mis à danser en elle une danse frénétique, fabuleuse. Tantôt c'est le jour qu'on voit à la lumière, tantôt la nuit, tantôt c'est le dos de Guillaume, tantôt le visage de Thomas ; elle voudrait de toute son âme pouvoir dire : on arrête ! on arrête ! et s'asseoir sur un banc, mais si l'un dit j'arrête, elle reprend, si l'autre dit, on cesse, elle reprend, et quand elle-même a décidé de mettre fin à tout cela, quelques heures plus tard il lui faut à nouveau, non pas cette danse qui l'épuise et les épuise tous, mais retrouver le contact avec l'un, puis avec l'autre, et c'est reparti. Le très vieux couple ami de ses grands-parents avait eu un mot juste après les quelques minutes de réflexion qui avaient suivi son récit : il faudrait un traumatisme, avait dit le vieil homme pensif. Oui, quelque chose qui tombe du ciel mettant fin à ce dilemme, avait repris la vieille dame. Et alors qu'Anna s'apprêtait à partir, écartant la portière qui protégeait la porte d'entrée de l'appartement, la vieille dame était retournée au salon pour chercher quelque chose. Elle en était revenue avec une carte postale datée des années cinquante – Anna n'était pas née – au dos de laquelle la mère d'Anna donnait de ses nouvelles, et elle la lui avait remise avec un regard éloquent, comme si elle la dotait d'un viatique.

Lorsqu'elle était à Paris, Anna aimait rendre visite à ce couple. Ils occupaient un grand appartement si clair et si paisible que, sitôt entré, on avait l'impression de laisser derrière soi toutes les choses encombrantes du monde : joies aiguës comme tourments. Toujours gais, toujours curieux, le corps à peine las, mariés depuis soixante-huit ans, ils l'interrogeaient sur sa vie et ses occupations, se levant pour noter sur une feuille le titre d'un livre ou d'une exposition, chercher la photo d'un nouvel arrière-petit-enfant ou, dans une armoire, une nappe brodée dont ils avaient parlé la dernière fois et qu'Anna avait voulu voir. Anna se demandait ce qu'aurait fait Antoinette, la vieille dame, dans sa situation. Antoinette aurait choisi ; elle n'aurait pas tergiversé plus d'une semaine. Elle aurait examiné la situation, opté pour le côté qui lui aurait paru le plus propre à son bonheur et à sa paix, mis fin à la torture de l'un et enchanté l'autre, elle s'en serait tenue à son choix, en aurait accepté les servitudes et développé les joies : au fond, Antoinette se serait engagée. Anna ne s'était jamais engagée auprès d'un homme et n'aurait

61

jamais pu le faire. Elle avait rencontré Guillaume, l'amour avait duré, d'autres s'étaient épris d'elle, elle n'en avait jamais été troublée, et lorsqu'elle avait connu ces deux embrasements sans suite et sans réponse avant Thomas, l'un datait d'avant Guillaume, l'autre du mitan de leur vie ensemble, aussi n'avait-elle jamais eu à choisir. Elle n'avait choisi que Guillaume, mais prête à imaginer que leur amour durerait un an, dix, ou soixante. Jamais encore elle n'avait songé qu'on pût s'engager alors que le monde entier tournait de cette manière, comme si l'amour, pour elle, n'était qu'une magie et pas ce compagnonnage où l'on prend aussi soin de l'autre. Guillaume avait pris grand soin d'elle. Mais elle, avait-elle jamais pensé à prendre soin de lui ? Elle dispensait tendresse et douceur, certes ; s'inquiétait-elle vraiment de ses inquiétudes ? Mais on aurait dit qu'il n'en avait pas, tout son bonheur consistant à veiller sur Anna.

Pourtant, lorsqu'elle fut embrasée par Thomas, elle eut cette pensée très étrange chez elle qu'il était «le seul homme qu'elle pourrait épouser». Elle pensa cela à peu près la deuxième fois qu'elle le vit. Pensée qu'elle chassa comme une folie, l'accès d'un romantisme bien différent du sien. Avec Thomas, elle aurait quelqu'un à la fois à respecter et à protéger, songeait-elle. De Guillaume, elle admirait la merveilleuse vitalité, son goût puissant de l'effort, sa capacité à faire de tout un bonheur, mais jamais, pas une seule fois en vingt ans il ne lui vint à l'idée de le protéger. Peut-être la protégeait-il trop lui-même ? Dans ses rêveries sur Thomas, elle essaya de se couler dans le rôle de la mariée. Parfois, passant devant une église elle y entrait et songeait à un mariage mystique avec Thomas. Il lui semblait que sa figure s'accordait à la sienne, son allure à la sienne, sa relative sécheresse à sa passion, sa sensibilité blessée à la sienne, sa voix à la sienne, et son corps, mon Dieu, son corps était plus près du sien que celui de Guillaume qui était toujours comme Zeus ensemençant Léda.

Mais là aussi elle avait tort, bien sûr. C'est encore dans son imagination qu'elle voyait Guillaume comme une sorte de Dieu le Père, de Jupiter, d'être très puissant, alors que le pauvre homme n'était forcément qu'un homme avec ses craintes, ses difficultés et même peut-être ses chagrins. Son tort fut de rayonner tant. Elle était auprès de lui, et c'était comme un rocher tiède qu'elle touchait, un chêne magnifique au centre d'un pré nu. C'était si délicieux d'être comme une mortelle veillée par ce dieu puissant et bon, d'avoir ce roi à ses côtés. Il savait régler toutes les situations : qu'une télévision dans une maison louée fût en panne, qu'il y eût mille kilomètres à parcourir en voiture en une journée, qu'ils soient perdus à la nuit tombante dans une montagne inextricable, qu'elle meure d'inquiétude parce

que sa sœur qui se suiciderait voulait mourir et
faisait des folies, qu'elle écrive un article dont elle
ne venait pas à bout, qu'elle ait envie de cham-
pagne à trois heures du matin ou besoin d'un
analgésique un dimanche au fond de la campagne, qu'elle ait peur, qu'elle ait froid, il la sau-
vait. Il faisait réparer la télévision ou trouvait un
cinéma, il conduisait mille kilomètres sans se fati-
guer, mettant pour elle de la musique, inclinant
son siège pour qu'elle dorme, s'arrêtant dans
une station-service pour lui acheter des bonbons.
Dans la montagne où il faisait froid et pleuvait, il
lui donnait son pull, mettait son coupe-vent sur
ses épaules, lui laissait le portable pour qu'elle ne
soit pas seule et partait en chemise reconnaître
le terrain. Quand il revenait une heure plus tard,
non seulement il avait trouvé le chemin mais il
lui rapportait des cerises. La sœur d'Anna était-
elle folle ? Il laissait œuvrer Anna librement, à son
sens, l'accompagnant ici ou là si elle le souhaitait, l'attendant parfois huit heures d'affilée. Et
quand elle rentrait défaite, il l'emmenait manger
des huîtres, la distrayait, la serrait contre lui. Elle
ne venait pas à bout d'un article ? Il se moquait
d'elle en riant, lui répétait qu'elle était la meil-
leure critique d'art au monde, sortait quatre
heures pour qu'elle puisse travailler à son article
alors qu'il n'avait rien de particulier à faire au-
dehors. Et lorsqu'une nuit en pleine campagne
près du village de Grignan, le corps d'Anna,
inquiet une fois de plus de quelque chose, se

64

couvrit de plaques rouges et qu'elle commença à avoir du mal à respirer, il trouva Dieu sait comment une pharmacie ouverte quelque part – sans doute la fit-il ouvrir – et rapporta le médicament qui la soulagea aussitôt.

Si elle était malade avec Thomas, qui s'occuperait d'elle? Elle rendit visite à une psychanalyste qu'elle consultait de temps à autre, lui exposa son dilemme, son embarras, son déchirement : d'un côté elle rêvait de retourner à Bordeaux et cette fois pour y rencontrer sûrement Thomas, de l'autre elle ne pouvait en aucun cas perdre Guillaume qui était... elle cherchait les mots... qui était, eh bien exactement comme ce fauteuil où elle se tenait face à la psychanalyste, dont le dos et les hauts accoudoirs incurvés formaient autour d'elle une gangue, une structure l'entourant, la laissant à la fois libre de bouger et la maintenant. Elle se soulevait en disant : bien sûr, je peux imaginer qu'après tout je n'ai pas tant besoin de ce fauteuil et que je vais découvrir que je peux très bien tenir debout toute seule. Mais si ce n'était pas le cas? Si son corps s'effondrait de n'être plus entouré et maintenu? Pour des raisons mystérieuses, insondables, la psychanalyste eut bien l'air de la pousser vers Bordeaux.

Dans la maison de Sorge elle se rapproche de Guillaume parce qu'elle sait qu'à un moment ou un autre elle va fatalement retourner à Bordeaux. Elle ira juste comme cela, pour prendre le pouls de la situation, voir ce qu'il en est véritablement, si l'attrait que Thomas exerce sur elle n'est pas purement fantasmatique, lié aux rues de Sorge l'été. Elle peut très bien imaginer que le revoyant ailleurs, dans d'autres conditions que celles du charme opéré par le mois d'août, toute sa construction s'effondre. Cela lui est déjà arrivé autrefois. Adolescente, elle était tombée amoureuse d'un garçon lors d'une randonnée à cheval de quelques jours en Irlande. Ce garçon, plus âgé qu'elle de quelques années, l'avait beaucoup fait rêver. Pas autant que Thomas, loin de là. Elle avait alors beaucoup moins d'images dans son cerveau. Mais enfin il lui plaisait beaucoup. Amoureux lui aussi, il avait soudain débarqué à l'automne à Paris où Anna vivait alors, et la situation avait été très gênante. Il ne lui plaisait plus du tout. Elle ne connaissait pas du tout ce garçon et ne voulait pas le connaître. Après sa visite elle l'avait fui, lui posant un lapin au rendez-vous du lendemain, incapable alors de s'expliquer, trop jeune et inexpérimentée pour savoir que ces choses arrivent et qu'elles n'ont rien d'extraordinaire.

Oui, Thomas n'était sans doute qu'un rêve, et son extraordinaire attirance pour lui une construction favorisée par l'été. Lorsqu'elle avait les jambes nues, une robe courte et légère, que son corps était brun et agile et qu'elle vivait dans la petite ville de Sorge ouverte sur la campagne, il lui semblait être beaucoup plus proche de l'amour que partout ailleurs. Elle prenait plaisir à toucher la terre sèche laissant de la poussière sur ses doigts, les cailloux tièdes, les murets rugueux sur lesquels elle laissait traîner sa main. Elle aimait ce contact de son corps avec les choses, elle aurait bien marché pieds nus et si des ronces la griffaient ou des orties la piquaient quand elle cueillait une fleur ou tentait d'atteindre une baie dans un buisson, elle était contente de ces égratignures et petites brûlures. Elle se demandait même comment l'on peut vivre autrement. Aurait-elle aimé Thomas si elle l'avait rencontré dans le froid ? Aurait-elle été aussi séduite par lui si elle avait porté une écharpe, des gants de laine, et pris des cafés avec lui dans des salles fermées au son d'un juke-box ? Sûrement pas, pensait-elle. Ils auraient alors été séparés par l'épaisseur de leurs manteaux, elle aurait été moins jolie le nez rougi de froid et donc moins détendue, elle n'aurait eu aucune idée de sa poitrine ni de ses avant-bras. Il se peut même alors qu'elle n'eût pas pensé à son sexe.

Tout l'été ils avaient joué avec leurs tenues. Chaque matin elle sortait avec une robe nouvelle et cet été-là elle en avait de très jolies parce que depuis un an ou deux elle n'avait cessé de renouveler ses vêtements, soudain attirée par les robes à un point extrême, comme si les robes étaient ce qu'elle avait toujours désiré porter et qu'elle avait mis seulement beaucoup de temps à le comprendre. Cela avait commencé par une robe blanche en laine qui lui donnait un genre tout à fait différent de son genre habituel et qu'elle avait portée à Noël 2001. Ensuite, elle s'était prise de passion pour les robes en toutes saisons, les cherchant partout dès qu'elle séjournait dans une grande ville, en essayant beaucoup, en dénichant de nombreuses qui étaient faites pour elle, les choisissant toujours fluides, douces et sans attaches, dans des couleurs joyeuses ou subtiles, voletant juste au-dessus de ses genoux. C'était comme une chasse. Parfois elle en trouvait deux ou trois d'affilée, ce n'était pas raisonnable, elle aurait dû se contenter d'une seule, mais toutes les trois lui allaient si bien, elle était si heureuse dans ces robes qu'elle les faisait entrer dans son placard, si fines et si légères qu'il lui restait de la place pour d'autres encore si d'autres se présentaient et s'imposaient avec autant d'évidence. Elle les enfilait, et la robe se déroulait le long de son corps, tombant juste, exactement à ses mesures, la rendant plus jeune, plus drôle ou plus inattendue.

Cet été-là, celui au cours duquel elle avait pris des cafés avec Thomas Lenz, elle en avait donc de fameuses : une rouge avec un liseré sur les hanches, une verte et bleue dans laquelle elle se sentait comme une danseuse, une jaune très pâle et d'autres qui lui donnaient l'impression chaque fois qu'elle sortait d'être nouvelle et rafraîchie, aussi nouvelle à elle-même qu'aux autres. C'était un plaisir frivole mais intense, non pas tant destiné à plaire qu'à se sentir gaie. Et parce qu'elle portait ces robes neuves et légères, sans attaches ni boutons d'aucune sorte, suivant les courbes de son corps mais sans jamais le contraindre ni l'enserrer où que ce fût, elle était préparée pour l'amour. Thomas, lui, était sobre dans ses goûts, mais il portait avec une élégance qu'elle remarqua tout de suite des vêtements qui sur d'autres eussent paru seulement classiques et de bon goût, alors que sur lui, ils convenaient, s'adaptaient et s'alliaient si bien à sa sorte de présence qu'ils en étaient idéaux. Ainsi se parlèrent-ils aussi avec leurs corps et leurs vêtements cet été-là, feignant de ne rien voir mais remarquant en secret le dos nu d'une robe, le bleu d'un polo, la jolie ligne d'une robe claire, le tombé d'un vieux pantalon de toile. Et chaque jour ils se changeaient l'un et l'autre, comme pour se faire une surprise. Mais le changement était si discret, seulement une autre robe mais avec les mêmes sandales, seulement un autre sweat-shirt mais avec le même pantalon, que c'était comme dans une conversation où l'on peut parfaitement nier ce que l'on a dit, prétendant que l'autre a mal compris et pris un mot pour un autre.

Fin septembre, ils décidèrent de se voir à Bordeaux pour en avoir le cœur net. Il n'en pouvait plus de dormir si peu depuis un mois et d'être si perturbé dans son travail; elle n'en pouvait plus d'être obsédée par lui sans pouvoir vérifier si elle rêvait ou non. Rendez-vous fut pris, avec beaucoup d'inquiétude et de timidité. Jusqu'au dernier moment il espéra qu'elle ne viendrait pas; jusqu'au dernier moment elle redouta de tomber sur un homme qui ne lui rappellerait que de très loin le Thomas qu'elle avait si passionnément aimé surtout depuis qu'il avait quitté Sorge. Elle prit le train un peu comme on se rend chez le dentiste : il fallait en passer par là, se faire une idée, ensuite on aviserait. Elle mentit à Guillaume pour la première fois de leur vie : elle lui dit qu'elle allait voir une amie. Il la crut. À demi. C'était étrange de partir, étrange d'avoir pris cette décision, mais cela était couru depuis longtemps, n'est-ce pas? Cela ne datait pas de l'été. Cela datait de l'été d'avant. Cette histoire était grosse d'un an : que se passait-il donc en elle ? Pourquoi était-elle tant saisie par un mirage ? Elle imagina être déçue, faire bonne figure, être charmante et laisser là une histoire imaginée sans qu'aucun des deux n'ait à souffrir d'une humiliation. Elle était capable de retourner une situation de manière délicate, et de faire en sorte que chacun s'en sorte sans avoir à être blessé dans son amour-propre ni ses espérances.

Quand elle vit Thomas sur le quai de la gare de Bordeaux, elle le trouva beaucoup moins grand et beaucoup moins beau que dans son souvenir. Ce n'était pas du tout l'homme qu'elle avait vu dans les rues de Sorge. De son côté, elle était vêtue trop chaudement. Mais elle fit bonne figure, s'étonna intérieurement de sa taille, il semblait mesurer dix centimètres de moins qu'à Sorge où il la dominait largement, dans sa voiture elle se détendit un peu mais fut frappée de le voir conduire légèrement voûté, un peu tassé, et essaya de se rappeler s'il conduisait ainsi sur la route de l'auberge de campagne en août, mais non, alors il n'était ni voûté ni tassé, en tout cas, pas dans son souvenir. Il lui jette des regards circonspects, un peu effrayés ; elle en est presque gênée. Mais malgré cette intense déception, elle est heureuse d'être avec lui car elle est là où elle doit être. Et tout doucement il se redresse. Ils ne se connaissent pas, ils ne se connaissent que très peu, et pourtant elle pense : il est mon amant, c'est une histoire qui commence. Elle se détend, plaisante gentiment, il se détend un peu à son tour.

Elle a pris une chambre dans l'hôtel qu'elle aime ; ils se retrouveront pour dîner. Dans cette chambre confortable, chaleureuse, elle examine la situation. Non, il ne lui plaît plus, c'était donc une erreur mais ce n'est pas grave. Ils vont dîner ensemble, après tout il lui a plu donc elle passera une soirée agréable avec lui, elle l'interrogera sur sa vie professionnelle et s'y intéressera, les hommes adorent cela, demain ils feront une balade puis elle reprendra le train et c'en sera fini. À huit heures, l'attendant dans la rue il lui envoie un sms drôle qui la fait sourire. Quand elle le retrouve, elle le trouve un peu plus grand que sur le quai. Ils dînent à la terrasse d'un restaurant, tournant longtemps autour du pot, puis il lui pose une question directe, étrange, et cela la séduit. Il n'est toujours pas aussi grand ni aussi élégant qu'à Sorge, mais il gagne légèrement en hauteur. Il la raccompagne à l'hôtel. Il est hors de question qu'elle le fasse monter, il ne la séduit plus du tout de cette manière-là, il est juste assez charmant, assez mystérieux mais rien de plus. Et dans sa chambre elle téléphone à Guillaume pour lui dire que tout va bien, qu'elle pense à lui, ce qui est vrai.

Le lendemain, ils se sont donné rendez-vous sur une place pour aller se promener en dehors de Bordeaux. Elle s'y dirige presque par politesse, mais tout de même un peu curieuse car la veille au soir il semblait si troublé, si inquiet. La place est vaste, lorsqu'elle y arrive elle le cherche des yeux, le voit au loin, et là, il ressemble à l'homme de Sorge. Il a grandi, il a cet aspect isolé, il porte un pantalon qu'elle remarque de l'autre côté de la place, un pantalon qui n'a rien de particulier mais dans lequel elle le retrouve tel qu'elle l'a vu à Sorge. Il veut l'emmener visiter quelque chose mais se trompe de route. Dans sa voiture, elle s'efforce à un naturel, un certain enjouement, mais en réalité elle se sent aux prises avec quelque chose de très difficile, de très inquiétant : c'est comme si elle se trompait d'homme. C'est avec Guillaume qu'elle parle sur ce ton-là, avec ces mots-là, ces intonations-là ; avec nul autre. C'est avec Guillaume qu'elle est ainsi assise à l'avant, se penchant pour trouver sur la radio une station de musique, commentant le paysage. Elle regarde Thomas à la dérobée. Non, ce n'est pas Guillaume. Elle voudrait lui parler autrement, s'adresser à lui autrement pour bien faire la différence entre lui et Guillaume, mais elle n'y parvient pas. Quelque chose la pousse à se conduire avec Thomas exactement comme avec Guillaume, comme s'ils se connaissaient depuis vingt ans, comme s'ils avaient déjà beaucoup vécu ensemble. Sans cesse elle essaie de redresser la situation, la main sur le gouvernail comme lorsqu'on fait du bateau sur une mer un peu rude. Mais elle n'y arrive que difficilement, c'est toujours très tangent, elle est toujours sur le fil risquant à chaque instant de chuter du côté où elle le prendra pour Guillaume.

Ils circulent en voiture parmi de grands jardins enclos de murs au-dessus desquels passent des branches et des palmes. Le ciel est d'un bleu dur, elle aimerait tant pouvoir respirer. Il est silencieux, délicat, il faudrait qu'elle se calme et se mette bien en tête qu'elle est en train de se promener avec un nouvel homme qui lui plaît et l'attire, que ceci n'est pas un crime, que l'on a bien le droit d'avoir des aventures et même celui de tricher un peu, tout le monde vit ainsi, cela n'a rien de si troublant. Comme elle est fatiguée de rouler ils s'arrêtent dans la campagne pour faire quelques pas, et toujours aussi embarrassés l'un et l'autre, comme suspendus à une question qui n'est pas celle de coucher ou non ensemble mais une autre qu'ils ne savent même pas formuler, ils suivent le cours d'un ruisseau sans beauté. Et à nouveau il lui rappelle quelqu'un mais qui? Avec qui a-t-elle suivi le cours d'un ruisseau? Était-ce dans un livre? Est-ce dans un roman qu'un homme suivait le cours d'un ruisseau et que cela lui a fait forte impression? Le souvenir n'affleure pas. Il est très proche, au bout de la langue lorsque dans les roseaux elle s'appuie d'une main sur son bras pour sécher de l'autre ses pieds car elle est descendue dans la rivière. Il reste immobile, il ne fait pas un geste. Cela aussi lui rappelle quelque chose. Mais quoi?

Qui es-tu donc, Thomas Lenz, pour exercer sur Anna une telle emprise et depuis si longtemps? Certes elle est un peu folle, l'histoire l'a montré, non de t'aimer car tu réunis beaucoup de grâces et de charmes dont le moindre n'est certainement pas de danser avec elle sans trembler, mais folle d'avoir ainsi casé toutes ses images pieuses en toi. Fallait-il que tu sois vacant pour qu'elle ait tant de place, et ductile pour que tu saches à chaque instant l'épouser de manière à ce qu'elle continue ainsi à rêver. Sa folie monte et descend comme cette effrayante attraction foraine qu'elle vit un jour avec Guillaume alors qu'ils passaient par Bordeaux justement : accrochée à un mât d'acier, une nacelle où l'on pouvait monter et se tenir à trois ou quatre était soudain propulsée en l'air, très haut, à la vitesse d'un coup de fusil, là-haut elle s'immobilisait quelques secondes puis chutait jusqu'au sol à la même vitesse. Elle voulait y monter; Guillaume refusa. Qui es-tu donc Thomas Lenz, pour qu'à ta seule apparition elle se soit embrasée comme une torche, à la seconde ait versé dans la confusion, et ensuite en ait perdu tout son latin? Est-ce donc cela qu'accomplit toujours la passion? Cette perte de qui l'on était? Tu es circonspect, extrêmement attentif. Vous marchez dans un champ qui très vite n'est plus un champ mais un jardin de curé, vous ne savez de quel côté aller, vers quoi vous tourner. Le paysage ne t'intéresse pas du tout comme il intéresse Guillaume ; tu vis surtout au-dedans de toi. Tu racontes à Anna l'histoire d'un ami au procès duquel tu eus à témoigner : marié à une jeune femme charmante, cet ami crut devenir fou de douleur car dès le premier jour elle se refusa à lui et le mariage ne fut jamais consommé. On dirait une nouvelle de Barbey d'Aurevilly, et Anna te raconte celle de la fière comtesse trompée par son mari qui décida de se prostituer de la manière la plus sordide et de le lui faire savoir, pour se venger. Vous parlez donc de sexe sans y toucher, et d'ailleurs, à aucun moment tu ne la touches. Tu sais danser avec elle, mais tu sais aussi comment susciter son désir.

Qui donc es-tu, Thomas Lenz ? Que ton visage est beau, et ta silhouette, et ton apparition. Plus tard, tu détesteras qu'elle te dise qu'elle te trouve beau. Cela te gênera, te mettra mal à l'aise. Comment fais-tu pour avoir des gestes si mesurés, avoir toujours l'air d'être seul alors qu'une femme nouvelle t'accompagne, descend avec toi dans la cour de la propriété d'un marchand de vins où tu veux acheter des caisses d'un bordeaux qui te plaît ? Tu es isolé comme par un nimbe, une armure, tu as toujours cela avec toi. Oui, tu ressembles aussi à ce fameux chevalier peint qu'on voit à Sienne et dont Anna garda longtemps la reproduction en carte postale. Et de chevalier en chevalier, tu ressembles aussi évidemment à celui de Goethe qui va à cheval dans la forêt mais c'en est trop. Cesse de me faire penser, profère Anna, cesse de me faire penser sans cesse à d'autres que toi. Elle voudrait aimer Thomas Lenz mais elle ne le peut pas car sans cesse c'en sont d'autres qui occupent sa forme, son image.

Comme elle est soulagée lorsqu'elle n'aime pas quelque chose de lui. Par exemple, elle n'est pas folle de ses mains qui sont décevantes. Fines, elles ne sont pas assez longues à son goût. Elle regarde ses mains sur le volant de la voiture pour se reposer. Et elle finit par aimer ces mains qui la reposent. Aimerait-elle qu'il la prenne subitement? D'un coup d'un seul? Sans doute. Sinon il y a ce vide dressé entre eux. Mais cette idée ne semble pas le traverser du tout. Il fait les choses les unes après les autres, comme dans les rencontres d'autrefois où après de longues fiançailles où l'on s'embrassait peut-être une fois, à la fin, on ne passait aux choses sérieuses qu'après le mariage. Il est dans ce temps-là. Dans celui de la tradition. Si soudain elle se montrait nue il serait étonné mais n'avancerait pas la main. Thomas Lenz, cher chevalier, vous êtes un drôle de corps, pense-t-elle. Il doit croire à l'amour fou, au mariage mystique, il n'a peut-être pas tant de désirs, probablement est-il épouvantablement sentimental. Elle perd son latin mais lui ne perd pas le sien puisqu'il la raccompagne à la gare à l'heure dite pour qu'elle prenne son train pour Sorge. C'est le genre d'homme que l'on ne peut qu'épouser, pense-t-elle, et cela lui paraît cocasse, à elle qui n'a jamais désiré se marier. Il la veut entièrement, uniquement à lui, pour toujours, il n'en démordra pas. Thomas Lenz, quel drôle d'homme vous faites.

Dans le train elle s'endort, elle est épuisée. Thomas Lenz l'épuise. Elle va cesser. D'ailleurs, il part pour trois semaines, pour ses recherches, et il est convenu que pendant ces trois semaines ils ne communiqueront pas. Tant mieux, pense-t-elle. Tant mieux. Mais le lendemain déjà il lui manque et avant son départ elle lui envoie un mail ; il répond aussitôt comme s'il était derrière l'écran à l'attendre. Ils sont frémissants, ardents, pourquoi donc ne le suit-elle pas, ne part-elle pas avec lui, quittant tout ? Elle ne sait. Elle pourrait faire une chose pareille. Mais elle ne la fait pas. Pourquoi ? Elle le laisse partir et s'absenter trois semaines, ce qui est énorme, mais c'est elle qui a suggéré ce temps de pause, de réflexion. À Bordeaux, avant de la quitter sur le quai, il lui a offert des CD de musiques qu'il aime. Elle les écoute beaucoup, entrant dans ces musiques comme s'il y était, et l'ivresse roule dans son cerveau d'autant qu'elle boit un peu trop, beaucoup trop. Elle a toujours trop bu lorsqu'elle était amoureuse de cette manière-là. Cela a commencé il y a dix ans avec cet homme qui avait déclenché une passion en elle et s'était toujours dérobé ; elle s'était mise à boire un peu trop parfois pour avoir l'impression d'être reliée à lui. Sans alcool ils étaient cruellement séparés, avec l'alcool faisant tournoyer ses pensées, ouvrant les portes de son cœur, laissant ses émotions affluer et refluer, détendant ses épaules souvent crispées, elle se sentait touchant son corps et enfin elle était réunie. C'était même peut-être presque mieux que d'être réunis réellement. Ainsi, tout le temps de cet amour qui avait duré une année fut-elle très souvent unie à cet homme qu'elle ne toucha jamais sinon une fois, une seule fois, pour caresser sa tête alors que lui-même la désirant ne savait comment faire pour l'atteindre.

Mais Thomas, c'est différent. Thomas ne demande pas mieux que d'être touché ; il semble seulement que ce soit pour lui tel qu'ensuite il n'y aura pas de retour possible en arrière. Cet homme manque terriblement de légèreté. À moins que ce ne soit Anna qui en manque en la circonstance. N'est-ce pas en elle, plutôt, qu'il y a cette pensée d'un impossible retour en arrière si elle le touche ? Elle n'a jamais connu cela avec Guillaume. Guillaume, elle pouvait le toucher, être touchée par lui et certes ils avançaient dans leur vie commune sans retourner au passé, mais du passé elle n'était pas coupée, il pouvait circuler librement en elle, faire son apparition, infuser dans ses gestes et ses pensées, se retirer à sa guise puis revenir. Avec Thomas, c'est comme si elle devait entrer dans un autre monde, contrainte de laisser derrière elle tout ce qui avait fait sa vie jusque-là. Est-ce cela un mariage? se demande-t-elle. Oui, sans doute. On laisse derrière soi le monde de son enfance, ses parents, ses jouets, ses occupations, on passe par une cérémonie très secrète où l'on se vêt d'une robe particulière puisqu'on ne la remettra plus jamais ensuite, et la cérémonie achevée, on entre dans un autre monde. Probablement est-ce la raison pour laquelle elle n'avait jamais voulu se marier : elle vivait avec son passé, ses jouets d'enfant.

Il est certain, cependant, qu'elle n'a pas encore rencontré Thomas, le vrai Thomas. Elle s'est formé de lui une image à la fois enchanteresse et inquiétante, ce qui lui a permis d'installer en lui tous ses songes, même et surtout ceux qu'elle ne connaît pas, son visage la défait et la refait, sa silhouette s'inscrit en elle comme une empreinte, sa voix aussi fait son chemin, mais le vrai Thomas, l'homme qui dort, se réveille, met ses vêtements, pense à ceci ou à cela, a faim, boit un verre d'eau, a mal aux reins, éprouve telle ou telle émotion, elle oublie régulièrement de le concevoir. Jusqu'à maintenant, il ne lui est même jamais arrivé de le concevoir. C'est que l'autre, l'image, agit avec une telle force sur elle que pour le moment elle n'a pas encore trouvé le temps, l'espace, ni même la possibilité de voir l'homme qu'il est. Il lui en a donné mille indications dans les mails et leurs conversations, elle l'a vu un tout petit peu à l'œuvre à Bordeaux et sur les routes autour de Bordeaux, mais elle était encore très loin de pouvoir le voir, aussi depuis le début transforme-t-elle toutes les indications qu'il lui donne sur lui-même en pièces susceptibles de rejoindre et d'enrichir l'image qu'elle construit. C'est elle qui transforme Thomas en fiction. Il s'y prête obligeamment, certes, malgré soi sans aucun doute, à moins que son désir, on ne sait jamais, soit d'être écrit plutôt que véritablement aimé ?

Il tient bon pendant trois semaines. Pas un message, pas une lettre, pas un coup de fil. Et d'ailleurs, se sont-ils jamais parlé au téléphone jusque-là ? Quasiment pas semble-t-il. Elle tient moins bon. Elle imagine que là-bas, dans la chaleur du nord de l'Australie où il effectue ses recherches, il l'oublie. On oublie si facilement lorsque l'on se déplace ; on se demande souvent là-bas comment l'on a pu avoir de telles pensées ici. Elle a remarqué qu'il suffisait même parfois de passer un moment chez des amis menant une vie un peu différente de la sienne, moins rêveuse, plus pratique, pour que l'énorme songe travaillé dans le secret de sa solitude apparaisse soudain sous ses traits de songe. Combien de fois n'a-t-elle pas eu cette impression en pénétrant dans le grand appartement clair et paisible du vieux couple ami ? Dès le seuil franchi, il lui semblait incroyable que son esprit ait été occupé par tant de choses ces derniers jours chez elle ; ici, il semblait si facile de vivre seulement. Elle regardait les rideaux clairs, les tapis frais, les meubles gracieux ; bien sûr, ils ne fumaient pas et ne buvaient pas comme elle, il y avait très peu de livres, beaucoup de photos d'enfants et petits-enfants, des fleurs, et la circulation de l'air et de la lumière dans la vaste pièce aux couleurs gaies la rendait presque pareille à un jardin. C'était peut-être cela l'Éden. Un archange se fût-il présenté en toge blanche avec ses ailes à la porte du salon pour annoncer le déjeuner qu'elle n'aurait guère été surprise. Pourquoi ne savait-elle pas vivre ainsi, elle ? La maison qu'elle partageait avec Guillaume ne manquait ni de gaieté, ni de couleurs ni de beaux objets, mais il y avait tant de livres, seulement leur couple, et la petite déchirure pratiquée depuis août 2002 à laquelle ils s'efforçaient l'un et l'autre de ne pas accorder trop de considération.

Que fait-elle depuis que Thomas est parti ? Comme toujours elle rêve et plus que d'habitude. Elle délaisse ses articles, les visites d'expositions, erre un peu dans la maison en redressant des cadres, en rangeant les armoires. Guillaume la secoue, elle devrait se remettre au travail, pourquoi ne retourne-t-elle pas à Bordeaux où ses amis semblent toujours lui faire du bien, la stimuler ? Stupéfaite, elle le regarde. Tente-t-il de lui faire comprendre qu'il comprend quelque chose ? Mais non, ce n'est pas Guillaume cette manière-là. Guillaume est direct. Guillaume a tant de foi en elle que jamais il ne soupçonnerait que ses rêves occupent désormais plus de quatre-vingt-dix pour cent de son cerveau. Les musiques qu'aime Thomas et qu'elle écoute dès que Guil-laume est sorti la rapprochent de Thomas, de l'Australie, la rendent si amoureuse de lui que c'est comme si son corps bruissait. Guillaume rentre, depuis deux heures elle a cessé de boire, s'est rincé la bouche, a pris une douche froide, elle est si bien avec lui, si amoureuse de lui aussi, s'il était tout le temps là elle ne rêverait pas de Thomas. Elle pense à lui demander d'être tout le temps là. Son beau corps dont la chair lui a tou-jours fait penser à du pain frais ferait obstacle. Si le corps de Guillaume était là à toute heure entre elle et Thomas, elle oublierait Thomas. Mais elle n'ose pas le lui demander. Peut-être n'a-t-elle pas si envie que cela d'être séparée du corps rêvé de Thomas.

Les jours passent, elle ne se rappelle plus très bien la date du jour de son départ ni celle du jour de son retour ni s'il la lui a vraiment signalée. Il lui semble que beaucoup de temps a passé. Au moins un mois, non ? Alors elle envoie un sms prudent, juste pour voir s'il est là, pour voir s'il l'aime encore. Il répond par un mail bavard et distant, elle répond par un mail encore plus bavard et encore plus distant, et alors il se retourne comme une carpe, soudain et par bonheur, furieux : si elle est si distante qu'elle aille au diable, à quoi elle répond qu'elle n'est pas du tout distante et dit son malheur de tous ces derniers jours, suite à quoi il lui dit son bonheur de l'aimer, suite à quoi c'est reparti. Vous êtes tout de même un drôle d'homme, Thomas Lenz. Pourquoi donc avoir ainsi laissé Anna mijoter ? Parce qu'elle vous avait demandé le silence ? Oui, c'est une bonne raison, mais obéissez-vous toujours ainsi aux femmes ? N'avez-vous pas de désirs propres, de volonté propre, qui vous ferait monter sur une barricade dont vous savez bien qu'elle est de paille et courir sus à ce qui vous tente ? Non ? Vous désirez n'être que proie ? Vous êtes si soucieux de la liberté de l'autre qu'en rien vous ne souhaitez inférer ? Votre respect si grand du désir de l'autre vous honore, mais n'entre-t-il pas dans les fonctions de l'amant de brusquer un peu les choses, parfois ? Et même, de prendre sur soi la responsabilité d'une action pour ne pas la laisser à l'autre, ce qui serait alors vraiment courtois ? Vous êtes un curieux homme, Thomas Lenz, qui ne voulez en rien être responsable dans l'amour.

Cela trouble-t-il Anna ? Nullement. Elle est beaucoup trop amoureuse pour pouvoir penser. Elle est bouleversée par cette pudeur, cette retenue et puis ce cri du cœur – en Australie il fut malade d'elle – dont elle sait bien qu'ils sont authentiques, en rien joués, mais qui, si elle était un peu froide, lui donneraient à penser sur la personnalité de Thomas Lenz. Elle trouve cela déchirant et voudrait protéger cet enfant, lui apporter de la joie, lui permettre d'être plus actif dans l'amour. Elle aimerait tant le délivrer. Elle se rappelle comment Guillaume, lui, la prit d'assaut. C'était merveilleux cet homme décidé. Elle, certes, lui avait fait entendre qu'il lui plaisait, et puis elle avait attendu comme les biches dans la forêt de Chambord à l'heure du brame viennent pointer le museau puis s'enfouissent dans les bois l'air de penser ailleurs. Au cerf de venir les chercher, au cerf de les débusquer, elles feront semblant un moment de trouver ces tentatives importunes, elles se regarderont entre elles l'air stupéfait, très légèrement indigné, mais le cerf n'en a cure, il connaît la musique, et deux heures plus tard elles seront là autour de lui, languissantes, amoureuses, à ne désirer qu'une seule chose qu'il les saille, puisque c'est la grande religion de la nature. Guillaume fut parfait en cerf. Combatif, déterminé, ne se souciant d'aucune fausse pudeur, même pas de lettres de rupture qu'il considérait lettres mortes. Il voulait cette femme, il n'employa aucun moyen rusé, et il l'eut parce qu'il la voulait.

Mais elle est amoureuse. Le visage de Thomas est si beau. Elle s'y reflète comme dans un miroir. Elle comprend pourquoi il a si peur, pourquoi il ne peut en rien prendre une responsabilité : c'est l'histoire de son secret d'enfance dont il ne lui a encore jamais parlé mais qu'elle a senti, et leur amour est bâti là-dessus, autour de cela. Elle sait, et sans doute sait-il qu'elle sait puisqu'elle s'adressait à l'enfant en lui lorsqu'ils bavardaient dans les cafés de Sorge. Aussi se remet-il entre ses mains. Comment s'éloigner d'un homme qui se remet entre vos mains ? Qui attend de vous le printemps ? Qui attend de vous de sortir enfin de ce malheur que fut sa vie ? Qui n'y croit plus qu'à demi, à peine, mais persiste depuis qu'il vous a rencontrée à y croire cependant un tout petit peu quand même ? Comment le laisser là alors que l'on sait bien que cela ne va pas être une partie de plaisir ni de joie immédiate mais que cela fera tant de bien à l'autre d'être aimé, caressé, et à soi de dispenser un peu de bonheur ? Ils s'entendent sur un plan qui n'a pas de mots. Ils ont échangé des centaines de mails, écrivant merveilleusement bien l'un et l'autre, vraiment, leurs échanges seraient à publier tant ils sont intéressants, mais là où ils s'entendent, il n'y a pas de mots. Et c'est cette absence de possibilité de mots qui les rend fous l'un de l'autre, ainsi collés l'un à l'autre. Au point que lorsqu'elle regarde Guillaume qu'elle adore et qui l'adore, cela lui semble si loin de cette absence de mots possibles qui fait qu'on voudrait se jeter l'un contre l'autre, se presser l'un contre l'autre, bouche à bouche, poitrine contre poitrine, se désoler, pleurer, hurler, crier ensemble et jouir de s'être enfin trouvés.

Ils décident de coucher ensemble pour en avoir le cœur net. C'est presque clinique et presque drôle : c'est elle, évidemment, qui prend la direction des opérations. Ils s'aiment, ils sont fous l'un de l'autre, il faut qu'ils couchent ensemble pour voir ce qu'il en est, ensuite on verra : soit ils se rendront compte qu'ils sont incompatibles ce qui est très probable, soit ils seront contents, et alors on verra. Inutile de dire que le rendez-vous est très compliqué. Elle cherche des hôtels à Paris, elle visite dix chambres, elle en voit de jolies, elle en retient certaines, mais c'est tout de même bizarre de choisir une chambre agréable dans un hôtel pour rencontrer quelqu'un dont on est fou, c'est trivial, c'est gênant, non, cela ne va pas du tout. Alors de son côté il cherche des chambres d'hôtel, il cherche des endroits un peu charmants mais c'est difficile parce qu'il ne connaît pas bien ses goûts et puis au fond cela le dégoûte un peu de chercher une chambre d'hôtel, il arrête. Elle reprend. Plutôt qu'à Paris, pourquoi ne pas se trouver à Marseille, à Lille ou à Brest? Elle cherche à Marseille, Lille ou Brest, des villes où jamais elle n'est allée avec Guillaume. Mais ce serait tout de même bizarre de se retrouver à Brest ou Lille pour coucher ensemble, uniquement et exactement pour cela, pourquoi ne pas se retrouver tout bêtement à Bordeaux? Oui, c'est vrai, après tout, pourquoi pas Bordeaux? Il en est d'accord. Mais Bordeaux tout de même, c'est la ville où il vit, dans son appartement habite aussi son fils, pourquoi pas quelque chose près de Bordeaux? Près de Bordeaux, ce serait certainement bien. Ce serait près de Bordeaux et en même temps ce ne serait pas Bordeaux. Il trouve quelque chose. Dans cette circonstance, il a donc lui-même un peu arrêté les choses, endossé la responsabilité. Il faut qu'il me veuille vraiment, pense-t-elle.

Le rendez-vous est fixé pour la chambre et le sexe programmé, tous deux trouvent bien cette décision un peu contrainte, artificielle, mais le moyen d'en prendre une autre? Ils n'ont guère le choix. En attendant, il viendra la prendre à la gare de Bordeaux. Dans quel état d'esprit s'y rend-elle? Curieuse, sans doute. Très, très curieuse. Puisque depuis le deuxième café pris à Sorge c'est ce qu'elle veut : se trouver nue contre lui. Elle se rend à Bordeaux – pour Guillaume chez une amie –, il l'attend, il l'emmène près de

Bordeaux à cet endroit où il est décidé qu'ils se verront nus et se toucheront enfin. Évidemment il a choisi un drôle d'endroit enclos de murs mais c'est ainsi. Et il est incroyable ce moment juste avant que l'on ne couche avec quelqu'un qui vous fait rêver depuis plus d'un an, avec qui l'on a tant vécu déjà, tant parlé, tant échangé de mails et de sms, avec qui l'on s'est dit mille choses mais dont on sait bien l'un et l'autre que la seule chose que l'on ne s'est pas dite est celle qui vous relie. Évidemment il a peur, elle prend l'air dégagé pour le rassurer mais elle a peur aussi, et quand au bout de milliers d'heures ils se retrouvent dans la chambre, aucun lecteur attentif jusque-là n'imaginera que c'est pour se sauter dessus. Non, ils ne se sautent pas dessus. Elle est encore en robe, lui n'a pas ôté sa veste, il pose une main sur son épaule et elle crie, elle hurle, elle pleure, elle tremble. Il dit non, ne pleure pas, ne tremble pas ainsi. Mais elle hurle, comme si elle était touchée par le feu, par quelque chose d'intolérable, elle crie et elle pleure. Il s'assied sur le lit et lui raconte des histoires, elle écoute, elle pose des questions comme un petit enfant à qui l'on raconte une histoire le soir avant de dormir. Il lui répond comme on répond à un petit enfant. Il continue ses histoires, elle continue à poser des questions et sa voix a douze ans, huit ans, six ans. Il répond comme à un petit enfant. Ils dorment ensemble tout nus mais elle n'a pas peur et lui non plus, il lui raconte des histoires, elle lui pose des questions, sa voix a douze ans, huit ans, six ans, il répond et lui explique les choses des histoires, elle lui donne un petit baiser avant de s'endormir. C'est ainsi qu'ils se lient. Parfois, personne ne comprend rien aux amours des gens.

Le lendemain matin ils prennent le petit déjeuner dans le patio de cette «maison d'hôtes». La veille au soir, elle n'avait pas vu que c'était une maison d'hôtes. Pendant qu'elle boit son café, elle serre la jambe de Thomas qui est debout auprès d'elle, elle trouve que cette jambe est comme une jambe de gladiateur, elle le dit à Thomas et cela le fait rire. Elle pense à Guillaume tout le temps, puisque depuis vingt ans il n'y a qu'avec Guillaume qu'elle s'est trouvée dans cette situation de prendre le petit déjeuner ensemble après avoir dormi ensemble. Mais Thomas est suffisamment silencieux, discret et retiré pour qu'elle n'ait pas trop mal à penser à Guillaume. Ce qui est merveilleux, c'est qu'il ne se conduit pas en amoureux. Il est gentil, certes, attentif, mais à aucun moment il ne l'embrassera ni ne se jettera sur elle. C'est comme s'ils n'avaient pas dormi ensemble. Il reste retiré, isolé, dans ses pantalons formidables, c'est comme si elle n'avait pas tant crié, tant pleuré parce qu'il effleurait seulement son épaule. Maintenant, ils peuvent être tranquilles. Ils se sont tout dit.

Autrefois, lorsque la sœur d'Anna était malade, celle qui avait fini par se suicider, Anna s'était retrouvée une nuit auprès d'elle aux urgences psychiatriques d'un hôpital. Parmi les patientes, il y avait une jeune femme très belle dans un état de grande agitation qui saisissait par leurs blouses les médecins qui passaient, leur criant avec une force incomparable, je vous aime, je vous aime ! Son visage était à la fois radieux et torturé, illuminé. Le médecin se dégageait-il sans répondre, les cris d'amour de la jeune femme persistaient jusqu'à ce qu'il disparaisse au bout du couloir. Ensuite, elle semblait se calmer. Un autre surgissait-il d'un bureau et son cri d'amour surgissait à nouveau, avec la même vérité, la même urgence, la même force.

L'après-midi, ils se promènent sur un chemin bordé de roseaux jaunes où des hérons parfois passent tranquillement : cela lui fait mal, très mal de s'y promener avec lui en lieu et place de Guillaume. Et cette souffrance-là va s'inscrire en elle pendant des mois, chaque fois ou presque qu'elle sera avec lui, pourtant de son propre désir, sa propre volonté, elle aura mal, si mal, tout le temps, qu'il occupe la place de Guillaume, qu'elle la lui fasse occuper. Dans son cerveau c'est à chaque fois une sorte de cauchemar et pourtant il faut qu'elle y passe, il faut qu'elle passe par là, elle sait qu'elle doit entrer dans cette nuit, c'est pourtant dangereux, très dangereux, plus dangereux pour elle que pour ces deux hommes qui souffriront tour à tour de la perdre, c'est beaucoup plus grave pour elle, car elle, elle peut en mourir ou pire. Thomas est un Guillaume bis, ter, une déclinaison de Guillaume en plus silencieux et plus isolé ; elle aimerait tant parvenir à voir et aimer réellement cet homme qui lui fait tant d'effet avec ses pantalons, mais elle est épouvantablement séparée de lui et s'il lui effleure l'épaule, autrement dit s'il la touche, elle crie. Nul ne saurait savoir s'il s'agit de terreur ou de jouissance.

Il cherche à comprendre, s'inquiète de son visage. Tu as l'air torturée, lui dit-il. Personne au monde ne lui a jamais dit qu'elle pouvait avoir un visage torturé. Mais non dit-elle. Mais si dit-il. Et il est comme un père tendre et affectueux avec un enfant qui a fait un horrible cauchemar. Il l'aime, il est vraiment tombé amoureux d'elle, mais comme il se demande pourquoi parfois elle a ce visage-là, il a peur de tout ce qu'il fait, de tout ce qu'il dit. Il ne voudrait pas que ce soit tel geste ou tel mot qui lui donne ce visage. Alors à chaque geste très timide – pendant longtemps, c'est à peine s'il l'effleurera –, il demande : cela fait mal ? Et là ? Cela fait mal ? Mais non, dit-elle en haussant les épaules et en riant comme si c'était lui l'idiot. Mais il n'en démord pas, il sait que quelque chose de très bizarre lui fait très mal, il vit avec cette chose, il essaie de la comprendre, de la circonscrire.

Mais cette passion qui commençait comme un roman de gare, ils se virent, s'aimèrent et se désirèrent follement, semble entrer dans une nuit et un chaos beaucoup moins roman de gare. Il n'abandonne pas. Est-ce par simple ténacité parce qu'il a rencontré une femme qu'il aime ? Ou est-ce parce que lui-même aussi doit passer par une sorte de nuit ? Elle le retourne comme une crêpe. Tu me fais penser autrement, lui dit-il, tu m'as beaucoup changé, tout ce à quoi je croyais et ce sur quoi je vivais est menacé, bouleversé. Guillaume aussi lui avait dit cela. Mais Guillaume elle l'aimait tout d'une pièce et était entièrement avec lui, aussi pouvait-il se transformer tranquillement d'une certaine manière. Tandis que ce pauvre Thomas, elle se jette contre lui puis se retire, lui fait des déclarations extravagantes puis se défile, veut toucher son corps comme la terre promise et puis tremble. Il faut au fond qu'il soit fort, Thomas, pour tenir bon.

Depuis toujours elle sait qu'un jour elle devra passer par une nuit. Elle sait cela depuis que dans sa jeunesse elle a lu les mystiques. Elle l'a su ensuite en lisant des romans. Et certains de ses amis le savent aussi, dont le plus cher, Pierre qu'elle connut à vingt ans et qui reste proche d'elle. Pierre a toujours redouté qu'il n'arrive quelque chose à Anna. Il la voyait vivre heureuse, il appréciait Guillaume, il suivait les travaux d'Anna avec intérêt, il y avait peu de motifs pour qu'il fût inquiet et d'ailleurs, en règle générale, il ne l'était pas. Mais Anna marquait-elle une toute petite différence dans sa conduite ordinaire, par exemple elle achetait trop de robes, voulait un jour un chien, avait soudain très mal à une épaule, s'intéressait à une œuvre sans qu'il comprenne pourquoi, et quelque chose en lui faisait le guet. Pour Guillaume, ces tocades étaient la marque d'une ouverture, d'une liberté, d'une curiosité et il louait Anna d'être ainsi vivante. Pierre, lui, n'aimait pas qu'elle sorte de ses habitudes car il pensait que chez elle c'était mauvais signe. Sans se le dire vraiment à soi-même et sans qu'ils en parlassent jamais entre eux, Pierre avait peur qu'elle ne fasse un jour une folie. Il n'aurait su dire laquelle, mais il avait toujours craint pour elle ce moment où elle ne serait plus l'Anna qu'il connaissait mais une autre, comme si l'une contenait l'autre.

Et voici qu'elle sortait, celle qui jusque-là avait été contenue. Voici qu'elle apparaissait dans ses mails un peu extravagants à Thomas, dans sa conduite avec Thomas, dans ses sentiments et ses émotions envers Thomas quand ailleurs, vis-à-vis de Guillaume, de Pierre et du monde en général elle restait celle qu'elle avait toujours été. Thomas connaissait donc une femme que nul jamais n'avait vue, seulement peut-être entraperçue. Il avait affaire à une femme qui ne savait plus rien d'elle-même, n'avait en quelque sorte pas de passé et aucune expérience sur laquelle s'appuyer. Elle était comme un grand vent qui va soudain dans tous les sens, pliant d'un côté les branchages, les dépliant puis les repliant à l'inverse, elle portait les robes qu'elle avait achetées depuis un an comme si c'étaient des oriflammes, comme si elle eût été une figure sur une carte à jouer déclinée en dix couleurs différentes. Et tandis que le mal poursuivait son œuvre en elle, un mal qu'elle pouvait cependant juger, dont elle pouvait mesurer l'avancée, elle choisissait chaque jour à chaque heure d'y consentir ou non, et jusque-là elle y consentait parce qu'elle savait que sa fonction, dans le meilleur des cas, était de la transformer en aube.

On peut échapper à l'amour fou et sa tourmente : il suffit de dire non. Non à ce désordre, non à ce chaos, non à cette perte de soi, non à cette transformation. On restera alors dans les dimensions d'une vie plus vivable, et souvent, bien souvent elle y était tentée. Revenir entièrement à Guillaume comme on revient au paradis de l'âme, agrandir leur maison, refaire les promenades sur les sentes, bâtir encore de bons articles, peut-être même un livre, pourquoi pas, sur les expositions et l'art qu'elle aimait, se rapprocher de personnes aux vies un peu traditionnelles et conventionnelles, ces personnes-là lui faisaient toujours un bien fou, acheter des pantalons pour changer des robes. Oui, dans ces dimensions-là elle grandirait, s'affirmerait, donnerait du bonheur autour d'elle et très vite Thomas ne serait plus qu'un songe diminuant dans le passé, comme une silhouette dont on s'éloigne sur une route et qui, alors que l'on se retourne cent mètres plus loin pour voir si on la distingue encore, n'est plus qu'à peine visible. C'était possible de faire cela, ce n'était même pas si difficile, mais alors se produisit quelque chose de tout à fait inattendu et de terrifiant : Guillaume la quitta. Et pour que ceci advienne au milieu du livre, il faut que ce soit advenu aussi au mitan d'elle-même.

Certes elle avait un songe. Et pendant des mois, plus d'un an maintenant, elle avait nourri ce songe en secret. Il avait pris un tel volume qu'il occupait désormais toute la cage, ses ailes en dépassaient, elle ne pouvait plus le cacher tout à fait à Guillaume. Aussi, un après-midi d'hiver alors qu'ils tournaient un peu en rond dans la maison ils décidèrent d'aller en forêt. La neige brillante aux reflets bleus était épaisse sur les chemins, Guillaume y engagea la voiture, s'arrêta, ils traverseraient une petite partie du bois et il lui montrerait une vallée qu'elle n'avait sans doute jamais vue. Ils étaient contraints, tous deux. Alors que d'habitude ils parlaient librement de tout et de rien, la main d'Anna dans la grande main chaude de Guillaume, cette fois ils ne se parlaient qu'avec difficulté et cette situation étant absolument inédite pour eux, ils en étaient très effrayés. Ils essayaient de retrouver leur bavardage ordinaire comme l'on essaie de remettre ses pas dans ses empreintes, mais ils se connais-saient tant que nul n'était dupe. Anna épouvan-tée sentait leur étoffe se déchirer en craquant; ils n'étaient plus reliés l'un à l'autre que par des lambeaux. Alors la voix de Guillaume changea et il lui demanda de s'expliquer; il le lui demanda sans violence, avec douceur même, mais sa voix avait tout à fait changé, ce n'était plus celle qu'il avait toujours eue avec elle, c'était comme une voix officielle. Que pouvait-elle dire? Par quel bout commencer? Il n'y avait pas de bout. Elle ne pouvait pas dire comme dans un vaudeville : j'en aime un autre. Puisqu'elle l'aimait toujours, lui. Elle aurait peut-être pu dire : j'en aime un autre aussi. Mais le mot aimer ne convenait pas. Non, il s'agissait d'autre chose mais de quoi? Je suis tom-bée amoureuse n'allait pas non plus, on aurait dit d'un sitcom. L'apparition d'un homme m'a enchantée et je vis à l'intérieur de cet enchante-ment, voilà des mots qui auraient convenu. Mais le visage de Guillaume s'était durci, sa voix était celle d'un juge, d'un patron, d'un directeur, toute la tendresse qui y était toujours n'y était plus, Anna était glacée par cette transformation qu'elle n'eût jamais pensée possible.

Elle ne dit rien, non tant par effroi que parce qu'elle ne possédait pas les mots qui auraient pu désigner ce qui se passait en elle depuis des mois. Si elle avait su ce qui se passait en elle, elle le lui aurait dit sans doute, et comme il comprenait

Anna il aurait compris. Mais c'était la première fois qu'il la voyait sans mots pour définir quelque chose, aussi, tout à son émotion, au lieu de penser que sans doute pour l'instant elle n'avait pas de mots, réflexion qu'il se serait faite dans des circonstances où il aurait été moins inquiet, il crut qu'elle se dérobait volontairement. Pour la première fois, il pensait en homme ordinaire et lui attribuait un comportement ordinaire, lui qui avait toujours parfaitement su entendre ce qu'elle disait et ne disait pas, lui qui était moulé à elle comme les parois d'un vase à l'eau qu'il contient. Ils firent de laborieux tours et détours dans le bois, ils ne se tenaient plus par la main, et lorsqu'il resta immobile pour regarder le faîte d'un arbre et qu'elle s'approcha de lui pour lui donner un preste baiser, il détourna la tête et ressembla soudain à un aigle. Cela n'était jamais arrivé, jamais en vingt ans il n'avait une seule fois détourné la tête si elle s'approchait. Leurs vêtements, les troncs humides des arbres et les pierres étaient noirs; le reste du paysage d'un blanc scintillant. Quand ils quittèrent en voiture le chemin pour s'engager sur la route qu'ils connaissaient par cœur, il se trompa de sens et pendant des kilomètres ils roulèrent dans la mauvaise direction sans s'en rendre compte ni l'un ni l'autre. Dans la voiture, il avait retrouvé un peu de sa chaleur mais il s'était évidemment passé quelque chose de terrible. Pour la première fois, ils avaient vraiment été séparés, bien davantage que dans l'épisode de l'appartement en bord de mer qui auprès de cette déchirure-là dans la forêt noire et blanche faisait figure d'incident miniature. Ils avaient été séparés et pour Anna ce n'était pas seulement intolérable; c'était impossible à penser, impossible à concevoir.

Il partit quelques jours; elle cherchait les mots qui conviendraient. Ce n'était pas qu'elle voulait à toute force l'épargner, lui adoucir les choses ni édulcorer ce qu'elle ressentait; non, comme elle l'avait toujours fait avec lui, elle voulait lui dire la vérité. Mais lorsqu'elle pensait à ce qui se passait avec Thomas, il lui était impossible, à elle qui d'habitude parlait aisément, de trouver les mots qui s'adaptaient à cette situation. C'était comme si rien de ce que l'on dit généralement sur l'amour, les sentiments, les émotions, ne convenait. Aussi s'enferra-t-elle. Elle gardait un mutisme qui n'était pas son genre, il en déduisait qu'elle avait un secret inavouable ce qui d'une certaine manière n'était pas faux, mais il concluait aussi, un peu vite, qu'elle ne l'aimait plus puisque manifestement elle en aimait un autre. Il semble que pour les femmes, ces divisions amoureuses soient pourtant immédiatement compréhensibles. Lorsque Anna se confiait à ses amies, à Paris (à Sorge elle n'en eût parlé à personne), toutes lui disaient : eh bien oui, c'est tout simple, tu aimes Guillaume et tu es amoureuse de Thomas. Cela leur paraissait si clair, à toutes, qu'on pût en aimer un et arder pour un autre même si ce feu n'avait rien d'un feu de paille. Elles lui disaient aussi qu'un jour il lui faudrait choisir mais qu'elle n'avait pas à s'en faire, que ce serait le temps qui déciderait. Mais là aussi, Anna avait l'impression que ce n'était pas tout à fait cela. La question n'était pas de choisir, la question était de bondir par-dessus la tragédie, ce nœud inextricable où tous les membres sont mêlés.

Et qui d'autre que Guillaume pouvait l'aider à bondir ? Il l'avait toujours soutenue, ne l'avait jamais laissée seule dans une situation difficile. Elle lui raconterait son attirance, elle lui dirait pour Jude l'Obscur, les personnages, cette image qui se dérobait sans cesse, il comprendrait très bien. Seul son visage d'aigle dans la neige lui faisait un peu peur. Mais il se pouvait qu'elle ait rêvé ou qu'il ait eu cette figure seulement parce qu'elle ne disait rien. De toute façon, Guillaume forcément sait tout depuis le début puisqu'il sait tout d'elle et l'aime parfaitement. Alors, dès son retour elle raconte : Jude l'Obscur, les images, l'attirance, elle détaille les éléments. Mais soudain, Guillaume n'est plus Guillaume, c'en est un autre. Elle est atterrée, pétrifiée, voyons, c'est qu'il a mal compris, si elle explique à nouveau il va se rendre compte qu'il y a eu un malentendu. Et elle raconte à nouveau, comme certains déchirent un corps, mutilent un cœur sans comprendre pourquoi ils se convulsent et saignent.

Guillaume s'est levé, il fait ses bagages, il s'en va et dit que tout est fini entre eux. Et il ne vient pas à l'esprit d'Anna de le retenir, de le rattraper : une séparation entre eux est chose impossible puisqu'ils sont l'un dans l'autre.

Dans leur chambre elle se retrouve très hésitante à toucher les objets, l'abat-jour de la lampe, la courtepointe sur le lit, le rebord du lavabo comme si elle vérifiait que toutes ces choses sont bien réelles, ont bien un corps, qu'elle ne les a pas rêvées. Il a mal compris mais ce n'est pas très grave, il va aller dormir dans sa famille, boudera peut-être quelques jours, c'est tout de même un peu plus que bouder, il a été blessé c'est certain dans son amour-propre, c'est un homme, mais dès demain ou après-demain il enverra un sms, appellera, ou bien c'est elle qui le fera, ils se retrouveront, tout sera comme toujours. Rassurée, elle appelle Thomas, ils parlent de leur amour à eux qui n'a rien à voir avec leur amour à Guillaume et elle. Mais elle s'endort tout de même avec un voile sur les yeux, une légère inquiétude. Il est impensable que Guillaume soit réellement parti, n'est-ce pas ? Il ne peut pas l'abandonner ? Elle en rit presque. Guillaume ? L'abandonner ? Voyons ! Mais elle revoit son visage d'aigle dans la neige. Ne vient-elle pas de faire la plus grande folie de sa vie ?

Les jours passent. Elle appelle, il répond, il a toujours répondu aussitôt quand elle l'appelait, même lorsqu'il était en réunion, en plein travail, au bout du monde. Elle passait toujours avant tout. Il est malheureux, il souffre, mais il répond. Elle essaie de lui faire comprendre qu'il n'y a pas lieu d'être malheureux, que c'est une erreur. Certes elle a ce lien avec Thomas, et alors, cela l'empêche-t-elle de l'aimer lui aussi, lui d'abord? Ce n'est pas qu'elle aime peu Thomas, c'est qu'elle l'aime autrement, tout à fait autrement que lui, c'est absurde qu'il compare, Thomas n'est pas un rival, il est comme un autre pays, comment peut-on exiger de quelqu'un qu'il n'aime qu'un seul pays quand deux lui plaisent beaucoup? N'est-il pas tout à fait normal et même sain d'être capable d'aimer deux pays? Guillaume persiste à ne pas la comprendre. Peut-être est-ce une question de mots? Du sens que chacun donne à certains mots? Mais elle avait toujours cru qu'ils parlaient la même langue. Or, elle commence à comprendre: lorsqu'il dit aimer il veut dire être amoureux, plein de désir et d'émoi. Elle, non. Lorsqu'elle dit aimer elle veut dire englober ou être à l'intérieur de l'autre, le connaître dans presque toutes ses nuances, se sentir pleinement heureux avec lui. Non, on ne peut donc pas dire qu'elle aime Thomas, elle est puissamment attirée par lui, c'est un fait, mais aimer c'est ensuite, c'est lorsque l'on s'est rencontrés au point de vivre l'un de l'autre, l'un dans l'autre, et avec Thomas, elle n'en est certainement pas là. Mais pourquoi Guillaume ne comprend-il pas? Que se passe-t-il? C'est tout de même très simple. Et avant, elle n'avait jamais besoin de lui expliquer quoi que ce soit; il leur suffisait de parler de n'importe quoi pour s'entendre parfaitement, en vingt ans il n'y avait jamais eu un seul malentendu entre eux et ils n'avaient dû se disputer un peu sérieusement que deux fois: l'une parce qu'il avait eu des idées politiques qui n'étaient pas les siennes; l'autre, elle ne sait même plus pourquoi. Dans leur première dispute ils étaient à Naples, c'était il y a dix ans environ, il avait quitté la chambre d'hôtel pour aller marcher dans les rues, elle l'avait provoqué en buvant devant lui un grand verre de whisky sec, mais elle n'avait pas supporté qu'il passe la porte et l'avait suivi pleine de colère en lui tenant la main, pleine de colère et d'amour, et lui aussi. La deuxième fois, c'était en Dordogne où on leur avait prêté une maison un peu triste. Là aussi il avait quitté la maison pour aller marcher seul sous la pluie. Mais en dehors de ces deux fois en vingt ans, non, ils ne s'étaient jamais mal compris, n'avaient jamais été malheureux: quoi qu'ils fassent et éprouvent l'un et l'autre, l'autre comprenait.

Les autres ont l'air de trouver crédible que Guillaume puisse l'abandonner. Et d'ailleurs, ils s'étonnent du mot abandonner; ils disent, pourquoi n'emploies-tu pas le mot quitter? Mais les autres évidemment ne saisissent pas tout à fait la nature de leur amour, à Guillaume et elle. Et d'ailleurs, Thomas non plus qui pense que dans ce genre de situation il faut trancher, se dit prêt à se retirer si c'est ce qu'Anna préfère car il la veut heureuse, comprend la réaction de Guillaume, il aurait eu la même. C'est donc comme si le monde entier ne pouvait en rien comprendre la spécificité de leur amour à Guillaume et elle. Non, ce n'est pas un amour comme dans un film, dans un roman, entre un homme et une femme qui s'aimeraient, se tromperaient, souffriraient, se quitteraient. C'est un amour qui est beaucoup plus haut que cela, comme sur les crêtes d'une montagne, non soumis aux contingences et certainement pas à celles du désir par exemple. C'est au-dessus de cela. Certes, ils ont beaucoup fait l'amour et avec quelle ardeur, quelle joie, quelle entente, certes ce fut majeur dans leur tendresse l'un pour l'autre, mais enfin, ce qui comptait surtout c'était de marcher l'un derrière l'autre dans la montagne ou d'aller voir un jour des fourmilières géantes devant lesquelles ils se tenaient main dans la main, les grands prés autour d'eux. Avec nul autre au monde elle ne se serait ainsi aventurée sur ces sentes ; avec nul autre au monde cela ne lui aurait donné autant de bonheur. Un jour, au terme d'une énorme balade dans les buis, la chaleur, les éboulis, les plantes parfumées, l'orage menaçant, ils n'ont pas d'autre solution pour sortir d'un chemin fermé par des taillis inextricables que de descendre à pic le long d'une pente caillouteuse, le ventre collé à des rochers qui se détachent et roulent jusqu'au fond du ravin, retentissant très loin. Elle n'a pas peur ; elle rit. Rien ne peut arriver puisque Guillaume est là. Et en effet, qu'ils franchissent des névés sous les glaciers, qu'il n'y ait même plus de chemin ici ou là et qu'ils aient à passer, l'abîme sous eux, parmi des plantes si tendres ou si courtes qu'aucune ne peut leur servir de prise, il ne leur arrive jamais rien de fâcheux puisqu'ils sont ensemble, puisque ce sont eux, Guillaume et Anna.

L'abandonner ? On n'abandonne pas quelqu'un qui est votre vie, dont vous êtes la sienne. On peut à la rigueur lui battre froid, se retirer un moment dans la colère et la dignité pour le laisser à ses fantaisies. Mais se détacher au point de risquer un jour de ne plus l'aimer ? Voyons. C'est impossible. Que deviendront les montagnes, sans eux ? Le paysage existera-t-il encore s'ils ne le gravissent pas en tous sens ? Toutes ces sentes où étaient leurs animaux sauvages et peu visibles, les millions de cailloux, tous les troncs auxquels ils se sont accrochés, le soleil qui les faisait transpirer, l'eau glacée qui faisait de leurs pieds nus des pierres fraîches, et comme il lui taillait des sifflets, des bâtons, lui organisait de petits sièges confortables dans des plantes rêches et élastiques sur les pentes. Non, cela existe éternellement.

Pourtant il y a Thomas. Et que Guillaume désormais soit là ou se retire, qu'il revienne un instant dans la maison de Sorge où, c'est très curieux, il a presque l'air d'être un étranger, presque l'air d'être quelqu'un du passé, Thomas qui pourtant reste silencieux semble s'incarner un petit peu plus. Oh, il est encore une figure de fiction à quatre-vingts pour cent, Anna ne le connaît presque pas et le touchant elle ne touche encore que Guillaume à travers lui. Mais quand il lui parle de son grand ami d'adolescence, Luc, qui à trente ans se suicida, et lui raconte leur si précieuse et joyeuse amitié de jeunesse, il rit comme un enfant alors que son rire est rare dans les autres circonstances. Est-ce à cause de Luc ou à cause du rire? C'est le seul instant, le premier instant où elle ne voit plus Thomas comme une image. Et que disait Luc? Que faisait Luc? demande-t-elle. Il raconte à nouveau, précisant les détails, retournant à cette grande joie comme à un éternel été dans une maison blanche aux fenêtres ouvertes sur le soleil, la douceur de l'air, Luc qui faisait des folies, Thomas qui le suivait, délivré. Quand il parle de Luc, c'est Thomas qui se tient devant elle, pas Guillaume. Elle se sent aimer cet ami avec lui, cet ami qui lui a fait tant de bien. La mort de Luc a beaucoup endeuillé Thomas. Ensuite, jamais plus il n'a été aussi joyeux.

Les progrès que fait Thomas en elle sont si discrets que l'on croirait qu'il chuchote. C'est à peine s'il l'effleure, à peine s'il s'avance : il possède une assez grande science de la tragédie. Ses yeux à elle sont décuplés, comme ceux d'un paon. S'il faisait un geste de trop, s'il avait un seul mot de trop elle le ferait valdinguer par-dessus le parapet de cet effrayant barrage où il l'emmena une fois près de Bordeaux et qu'ils parcoururent comme si de rien n'était. Le spectacle ? Une muraille colossale, d'un seul tenant, d'un seul jet, une muraille à vous faire peur, et au-dessous, très loin, tout au fond, un petit lac turquoise et immobile. Ils se promènent tranquillement sur ce mur, Thomas caresse un chien qu'ils rencontrent, il n'a pas un mot pour la muraille, pas un mot pour le lac, c'est d'ailleurs à peine s'il contemple tout cela, il est silencieux et présent. Il attend.

D'ailleurs, pendant toutes les semaines qui suivent, si par malheur il fait un bond en avant, risque une avancée, elle bondit en arrière aussitôt. On dirait que nous jouons aux échecs, dit-elle. Ah bon? demande-t-il. Il ne fait que les gestes convenus de l'amoureux des amours très anciennes : petits cadeaux mais très discrets, petites attentions, petits soins mais si légers que l'on dirait d'une plume. Thomas Lenz, vous me semblez être un sacré séducteur, lui dit-elle. Mais non, il n'est pas savant de cette manière-là, consciente, calculée, organisée. Il est savant parce qu'il l'aime et qu'il la veut. Faut-il ne pas produire un son, ne bouger que comme en rêve? Très bien. Il ne produira pas un son et s'il bouge un peu, ce ne sera que dans un rêve. Anna se détend donc un peu, beaucoup, et hop, il fait des fautes, en accumule, soudain il est allé trop loin dans les mots, dans les gestes, elle claque les portes de l'appartement, s'en va, fait une retraite à Sorge, veut retrouver Guillaume qui, lui, la comprenait, savait si bien l'aimer. Il résiste. Il attend. Elle revient avec mille conditions; il accepte les mille conditions et en rajoute même une qu'elle avait négligée. Thomas Lenz, vous êtes beaucoup plus fort qu'il n'y paraissait.

Parfois, elle regrette presque Jude l'Obscur qui l'a tant fait rêver. Pour se donner du plaisir, pour rester dans cette zone de l'esprit où elle ne risque rien, où tout n'est encore qu'en images, elle se repasse le film de Sorge et des apparitions. Dans la maison il y a Guillaume qui veille et bat les heures, sûr et présent ; dans les rues, il y a elle et ses robes d'été, la place du marché inondée de soleil, et au loin, venant de l'horizon comme un mystérieux cow-boy justicier arrive à cheval dans une ville de l'Ouest entièrement fermée, déserte et muette, la silhouette sombre, haute et mince de Thomas. Parfois, c'est même mieux de ne pas le rejoindre, ne pas lui parler, le laisser ainsi entrer dans la ville, regarder de loin cette présence qui va tout changer, et tandis qu'elle bavarde en rêve avec les amis, les personnes de connaissance croisées devant les étals du marché, son cœur et son cerveau ne sont envahis que de la progression de cette silhouette dont personne, c'est incroyable, n'a l'air de mesurer le désordre et l'ordre qu'elle apporte avec soi.

Mais voyons, voudrait-elle dire à Jean, Sylvie ou Anne-Marie qu'elle croise, regardez donc ! Ne voyez-vous pas que toute la ville est changée, que toutes les lignes sont déplacées ? Mais tout le monde semble penser qu'il s'agit d'un jour de marché ordinaire, se tiennent les conversations habituelles avec quasiment les mêmes mots, les mêmes exclamations, les mêmes intonations. Mon Dieu, elle regrette presque que Jude l'Obscur soit entré dans la ville ; c'était si bien, avant, c'était si doux et simple, les rues étaient vastes même si parfois elles étaient aussi un peu vides, le prêtre passait allant à son office, la buraliste souriait, chaque année les familles comptaient un ou deux enfants de plus, ceux-ci grandissaient, de petits changements étaient apportés à la ville, on construisait un gymnase ou une maison disparaissait, une autre était transformée en magasin, rien ne changeait vraiment, il suffisait de durer et c'était agréable. Qu'aurait été sa vie si Jude n'était pas ainsi apparu ? Elle serait restée heureuse et tranquille. En étaient-ils donc arrivés au bout de quelque chose avec Guillaume ? Vingt ans, était-ce leur mesure ? La mesure de leur amour ? Étaient-ils allés trop loin dans la connaissance l'un de l'autre ? La transparence ? L'adéquation ? Jude l'Obscur est comme une lame qui vient trancher tout cela. On devrait vous prévenir que la vie peut être renversée, transformée par un songe. On ne serait pas si surpris, on aurait des armes défensives, le temps de se préparer.

Alors elle sombre dans une mélancolie puissante. Anna Lore, vous n'allez tout de même pas vous suicider pour une histoire d'amour ? Pour deux histoires d'amour qui ne se rencontrent pas ? Je ne sais pas, dit Anna, bien sûr j'aimerais éviter cela, mais que faire lorsque comme Ravaillac à son supplice, je suis écartelée, tirée à hue et à dia de chaque côté, la tension étant exactement équivalente de chaque côté ? Que faire ? J'ai tant de mal. D'un côté la montagne et ses parfums sans lesquels, assurément, je ne peux vivre. De l'autre, Jude l'Obscur et son habit noir dans les hautes rues de Bordeaux. Les deux côtés sont incompatibles, je ne peux les mêler comme j'aurais tant aimé le faire, je pensais pouvoir alterner, un jour l'ombre et un jour la lumière, un jour le songe et le lendemain autre chose, un jour le corps de pain frais de Guillaume et l'autre, cette minceur rude qui me fait trembler. Mais de toute évidence, cela ne se peut alors quoi ? Rester dans ma chambre comme une nonne ? Pourquoi pas ? Cela pourrait être une bonne solution mais comment vivrai-je sans amour moi qui aime tant aimer ? Il me faut ces voies express par où passent tant de choses, le langage, les conversations fascinantes, ce contact avec l'autre sans quoi je ne vis plus. Oh, je peux bien essayer d'être seule, vivre sans homme n'est pas bien compliqué, on peut même y trouver un certain repos, mais vivre sans cette merveilleuse intensité qu'est l'amour, ce dialogue si riche qu'il remplit votre vie, comment le pourrais-je ? Je ne m'intéresse pas à la solitude.

Anna Lore, réfléchissez. Votre mère s'est suicidée, votre sœur s'est suicidée, exactement à votre âge, souhaitez-vous donc tant que cela suivre la tradition familiale ? Non, bien sûr, dit Anna Lore en haussant les épaules et souriant un peu. Prenez garde aux mortes, elles vous entraînent parfois, les mortes ne sont pas toujours de bonnes choses dans une vie. On croit les avoir enterrées, bien enfouies sous la terre, on dépose des fleurs sur leurs tombes, on est content d'être resté vivant et soudain, au détour d'un jour d'août, elles sont là, debout, à vous réclamer, à tendre les bras vers vous, et comme naturellement vous aimiez beaucoup votre mère, beaucoup votre sœur, vous êtes assez tentée d'aller les rejoindre, d'entrer dans ce ballet de femmes qui a d'autres vertus que le ballet des hommes. Prenez garde, Anna Lore, réfléchissez un peu, essayez de comprendre ce que vous faites en rêvant tant, en rêvant trop. Alors Anna pense à sa sœur enfouie, à sa mère sans doute décomposée depuis longtemps. On les a réunies dans un même caveau, ce qui a redoublé leur force. Elle déteste ces mortes qui lui ont fait tant de mal, l'une après l'autre, comme s'il ne suffisait pas d'un coup mais de deux. Elles l'ont laissée si seule, l'une après l'autre, comme si Anna était si forte qu'elle pourrait supporter cela sans broncher. C'était vraiment faire peu de cas de sa sensibilité, de son cœur tendre. Traite-t-on les gens ainsi ?

Il faudra donc, aussi, bondir par-dessus cette tombe ? Que de bonds ! Que de sauts ! Mais c'est qu'elle est un peu fatiguée, Anna, désormais. Ces amours exigent d'elle une gymnastique dans laquelle il faudrait qu'elle soit championne comme aux jeux Olympiques. Bondir, enjamber sans cesse d'énormes obstacles comme autant de haies, de bûchers, de cerceaux enflammés… Déjà enfant, elle n'était pas très forte au saut. Elle montait à cheval et se débrouillait bien pour trotter, galoper, mais lorsqu'il s'agissait d'une course d'obstacles, de franchir des barrières, des rivières, des talus, elle chutait souvent, croyant le cheval engagé alors que celui-ci pilait, prête à s'envoler avec lui alors que soudainement il décidait de contourner la haie. Elle n'a jamais été forte pour sauter ; elle l'était pour marcher et marcher même à grande allure. Mais cette fois-ci, qu'elle le veuille ou non, se sente prête ou non, il va bien falloir qu'elle réussisse, car dans certaines circonstances de la vie, très rares, échouer ne signifie rien autre que la mort.

Très bien. Elle va donc s'armer. Et même sans Guillaume, sans ce corps qui la protégeait de tout, elle peut peut-être y arriver. Il lui a donné tant de force pendant vingt ans, jour après jour, heure après heure. La voici comme un chevalier casqué sur le lieu du tournoi. Et le lieu du tournoi c'est évidemment la montagne où l'on rencontre les grands êtres. C'est là qu'elle va combattre avec la mort, et à l'idée de la vallée, très loin, tout en bas, cette minuscule vallée fleurie qui s'appelait Sorge et où elle rencontra Thomas après y avoir vécu avec Guillaume, elle rit de la voir si petite, d'y avoir vécu un roman de gare entre la salle des fêtes et la place du marché, un roman de gare si tragique que désormais sa vie est en jeu. Saura-t-elle grimper seule le long des pentes immenses où roulent les pierres ? Mais oui, il le faudra bien. Saura-t-elle, une fois là-haut, à condition qu'elle y parvienne, se harnacher comme il faut pour combattre la mort aux dents longues? Il le faudra bien. Il suffit de conserver son sang-froid, d'être très exact, de faire le vide autour de soi en ne pensant plus à rien, en n'imaginant plus rien. Juste attacher l'armure dans les règles de l'art, ne pas oublier un détail, une ouverture, une fermeture, faire les choses l'une après l'autre calmement sans laisser remonter à soi le moindre souvenir, sans laisser s'immiscer les paroles d'en bas dont l'approximation malheureuse peut facilement tout détruire, tout ruiner. Ainsi, Guillaume l'a quittée? Il va voir de quel bois elle se chauffe.

Jusqu'au tiers de la montée, c'est facile. Elle est tout de même entraînée. Les prés sont encore verts et odorants avec leurs herbes longues. On est en juin; que de choses se sont passées depuis août dernier. Au-dessus d'elle, d'un côté et de l'autre, se partageant le ciel, il y a le regard attentif de Jude l'Obscur, le visage d'aigle de Guillaume qui par moments redevient tendre. Ils sont là tous deux avec leurs grands visages à la regarder monter dans le sentier fleuri, à la fois inquiets, voulant la protéger encore, mais si partie prenante l'un et l'autre qu'ils ne peuvent plus en rien l'aider. À elle de combattre toute seule. De temps en temps elle lève son visage vers l'un, vers l'autre : le spectacle de celui de Guillaume la rassure et la soutient; celui de Thomas l'attire. Elle monte. Il y a ici et là des maisonnettes de bergers, une chapelle, un peu de vie encore. Pour la première nuit, elle dormira dans l'une de ces bâtisses sans fenêtre où tout de même il fait bon et où cela sent la chèvre. Elle s'arrange pour aller chercher l'eau, faire un feu, tirer à soi une couverture, manger un peu des vivres qu'elle a emportés. Guillaume lui a bien appris comment l'on faisait tout cela ; elle refait ses gestes qu'elle a cent fois observés. Elle met longtemps à s'endormir, non pas qu'elle ait peur, elle n'a plus peur de rien, la situation est bien trop grave, mais parce qu'elle a besoin d'amour. Comme elle aimerait que l'un ou l'autre soit là, n'importe lequel, peu importe, l'un ou l'autre avec son amour d'homme, sa tendresse, son désir de la protéger. Les hommes aimant une femme sont tout de même des créatures merveilleuses. Non, elle ne peut s'endormir, alors elle s'assied sur le seuil face à la grande nuit, si seule dans cette épreuve, mais penser à eux lui fait du bien. Elle revoit Guillaume sur les sentiers, son corps massif et dur, il n'était jamais fatigué, c'était incroyable comme il n'était jamais fatigué après cinq heures de montée rude et comment en chemin il n'avait de cesse de lui cueillir une plante, montrer une trace, s'aventurer d'un côté pour voir où cela allait, revenir, vouloir gravir un autre sommet juste pour risquer de voir un chamois. Mon Dieu comme elle l'aimait. Mais sans doute pas tout à fait comme une femme, plutôt comme un enfant émerveillé. Puis elle pense à Thomas, à son regard attentif, son endurance tandis qu'elle le malmène sans y penser avec ses mille émotions contradictoires. Elle voudrait dormir avec l'un, avec l'autre, et même, pourquoi pas, avec les deux ensemble. L'un serait devant et l'autre derrière, elle serait collée contre le dos de l'un et l'autre serait collé contre son dos à elle. Comme elle serait heureuse dans cette chaleur, cette gangue. Comme il est dommage que les hommes ne puissent aimer ainsi une femme à deux sans en faire toute une histoire. Alors ils ne se quitteraient plus tous les trois. Il n'y aurait plus tous ces problèmes de division, déchirure, choix mortel. Mais quand elle regarde leurs visages dans le ciel, elle voit qu'ils ne sont pas du tout d'accord, ni l'un ni l'autre, avec ce programme.

Très bien. Puisqu'ils l'y poussent, elle va combattre. Il sera trop tard, ensuite, pour déplorer sa mort, pleurer sur son corps si ceci advient. Elle les aura bien prévenus. Ils ont prétendu chacun qu'ils voulaient avant tout son bonheur. Hommes d'honneur. Mais son bonheur, c'était d'en avoir un derrière et un devant dans un lit rustique au fond d'une cabane de berger. Cette demande n'est pas extravagante ; c'est juste celle d'une femme païenne et s'ils l'ont aimée c'est parce qu'elle était païenne. Pourquoi ne pas aller plus loin ? S'arrêter à des prétentions masculines d'exclusivité. C'est si bête et si faux l'amour à l'ancienne où l'on n'est que deux. Voyez plutôt : quel couple est heureux ? Ils ne veulent pas ? Très bien, très bien. Ils la condamnent à la nuit ? Grand bien leur fasse. Mais Guillaume mon amour, pense-t-elle, ne veux-tu pas avant tout mon bonheur, ma jouissance, n'est-ce pas cela que tu aimais? Et toi, Thomas mon amour, n'es-tu pas émerveillé par ma liberté? C'est bien, pourtant, ce que tu disais. Non, non. Ils font des figures militaires l'un et l'autre. Ils sont extrêmement choqués par sa proposition. Très bien, elle n'insistera pas, elle ira jusqu'à la nuit.

Le lendemain elle monte. Cela commence à devenir plus aride. Moins d'herbes, moins d'arbres, il n'y a plus de fleurs. Mais elle conserve une certaine familiarité avec les cailloux étincelants, avec Guillaume elle a vu cela cent fois, il faut monter lentement, il lui disait toujours, moins vite, moins vite, et un jour ils croisèrent un troupeau de chèvres menées par une maîtresse qui à leur vue s'arrêta, et eux aussi. Derrière la maîtresse chèvre, une sorte de secrétaire chèvre fut dépêchée pour aller les reconnaître. Elle s'avança, vint jusqu'à eux, les renifla, s'en retourna, eut un entretien rapide avec sa maîtresse qui aussitôt se remit en marche entraînant son troupeau. Guillaume et Anna ne bougèrent pas, le troupeau passa, et c'est tout juste s'ils ne saluèrent pas la chèvre directrice. Ce n'est pas gai de marcher tout seul. Cela paraît plus long et le paysage est moins merveilleux. Peut-être qu'au fond ce n'était pas si beau, la montagne? Ce l'était parce que Guillaume était là. Pendant qu'elle monte, Thomas marche dans les rues de Bordeaux, pensif ; quant à Guillaume, il prend des vacances en famille. Comme il est bien organisé, cet homme. Que la souffrance le frappe comme une vague, et aussitôt il réagit, intelligemment, activement. Cela donne un peu à penser à Anna. Une fois de plus, c'est un exemple. Mais un exemple qu'elle n'est pas sûre d'aimer tant que cela. On ne saurait reprocher à quiconque de retomber sur ses pieds, certes ; ils sont tellement fatigants les mélancoliques qui baignent dans leur douleur et y clapotent. Mais tout de même, ce retournement, si vite, si efficace après seulement un temps de désespoir.

Il n'est pas facile de passer d'un corps à un autre. Son vieil ami Pierre, inquiet et critique le disait à Anna : on ne quitte pas ainsi d'une seule enjambée un lit pour un autre. Il se peut que le trouble soit venu de là et que de longues fiançailles, parfois, soient les bienvenues. C'est dans ce temps-là seulement que le corps tant aimé du passé peut s'il le doit s'amoindrir, s'éloigner, disparaître et le corps nouveau advenir. Mais dans cet entre-deux, le moyen de ne pas être puissamment attaché au passé qui vit et vibre encore en soi, y chante, y a ses aises, ses habitudes, et tout aussi puissamment attiré par le corps nouveau ? D'où la terrible valse-hésitation qui fit souffrir tout le monde, Guillaume, Anna, Thomas. Les animaux ont-ils de ces retours et de ces fuites dans le même temps ? A-t-on déjà vu une chatte, une antilope, une lionne ou une mangouste être partagée entre deux mâles, le souvenir du bonheur avec l'un, le désir du bonheur avec l'autre, les mélanger au point de ne plus savoir qui est qui, où est sa vie, s'épuiser et épuiser ses partenaires dans cet aller-retour incessant?

Dans la montagne, elle est enfin seule et respire un peu. De leur côté, Guillaume et Thomas doivent, eux aussi souffler et reprendre des forces. Peut-être au fond pourrait-elle vivre en se contentant de les garder en pensée? Songer à l'un, songer à l'autre, ne pas intervenir ou à peine, juste le temps d'une micro-conversation avec l'un, d'un signe de la main à l'autre. Sorge pourrait être délicieux, alors. Elle s'y promènerait légère, dans une sorte de printemps éternel où rien n'est jamais consommé, toujours avant la chute, avant le choix. Oui, les rues seraient élargies, il y passerait beaucoup plus d'air et de lumière, les façades des maisons seraient plus claires, le ciel plus doux. Thomas apparaissant ne produirait plus de fracture; Guillaume disparaissant, plus d'arrachement. Elle les verrait passer tous deux comme l'on voit passer des amis, des visages familiers n'ayant plus sur vous aucun pouvoir. Elle cesserait d'aimer, de brûler, de monter en épingle des situations après tout bien ordinaires – croiser quelqu'un et s'en éprendre. Dans sa chambre elle écrirait des contes pour changer des articles sur l'art, elle se coifferait autrement, elle nouerait d'autres genres de relations avec d'autres gens. La passion sortirait de son monde endiablé.

Parfois, elle fut si mal ces derniers temps qu'elle prenait des calmants qui lui laissaient la tête lourde et l'empêchaient de lire car sous ses yeux les lettres dansaient. La souffrance du déchirement était alors moins aiguë ; elle pouvait dormir tranquille, ramenant contre soi son traversin, son oreiller, même si alors elle avait l'impression de dormir avec un autre corps que le sien, un corps plus pesant, moins vivant, presque un corps mort quoiqu'il fût encore tiède. C'est drôle comme les douleurs d'amour peuvent forer loin en vous. Car il ne s'agit que d'amour, après tout. Cet aspect passionnant de l'existence mais tout de même secondaire. Ce qui compte avant tout, n'est-ce pas de vivre, de recevoir et diffuser de petites joies, de bricoler une œuvre ou un banc pour occuper ses journées, ou, pour les amateurs de famille, d'élever ses enfants. En dehors de cela, est-il donc si urgent, si pressant, si important de nouer un lien étincelant ? Parfois il tarde à Anna d'être vieille comme il le tardait de l'être à sa sœur suicidée. Enjamber les passions pour se retrouver sur ce petit pont de l'âme, à la japonaise, cueillir trois fleurs, regarder le ciel, avoir des conversations délicates avec sa voisine, caresser un chien qui passe, oublier à jamais l'événement cinglant de la rencontre.

Un peu de calme se fait en elle de se retrouver enfin seule. Seule, elle l'était avant Guillaume et ce n'est pourtant pas un souvenir heureux. Elle l'était à un point si extravagant, ne sachant du tout comment aller vers les autres ni les accueillir, qu'elle vagabondait très souvent le soir dans les rues de Paris où elle vivait alors, sans rechercher quiconque, pour rien au monde elle n'eût noué un lien, mais seulement pour être moins seule au-dehors qu'au-dedans. Déjà elle marchait, marchait sans cesse de longues heures, descendant des avenues, remontant des boulevards, ne regardant jamais les vitrines car alors elle n'avait pas encore remarqué l'existence des robes, observant sans doute un peu les visages, la manière d'être des gens. Elle les voyait à deux – des couples –, à trois ou quatre – des amis –, bavardant, rentrant dans des cafés, sortant d'un restaurant, et elle se demandait comment ils faisaient pour se rencontrer, s'aimer, être heureux d'être ensemble. Ceci était si énigmatique pour elle qu'elle ne ressentait aucune tristesse d'être seule ; elle était tout à sa question, à son enquête, et déjà il y avait en elle une grande intensité, un grand travail, elle cherchait à comprendre, accumulait les indices, les examinait, rejetait ceux qui ne la menaient nulle part, conservait ceux qui pouvaient receler quelques informations, les retournait, les étudiait, repartait, recommençait. Elle finissait par croiser régulièrement quelques personnes vivant ainsi au-dehors, la nuit : un jeune homme très triste qui faisait le tapin, une marchande de fleurs allant de restaurant en restaurant, un vieux séducteur abîmé qui ne circulait qu'en décapotable blanche. Ils se saluaient les uns les autres, rapidement, d'un geste de la main, chacun allant à son travail. C'était alors une vie âpre qu'elle menait, mais les informations s'accumulaient, elle eut de moins en moins besoin d'aller visiter la nuit et de regarder les visages et les gestes éclairés mieux qu'au jour, puis Guillaume apparut un matin dans Sorge et sa vie fut changée.

Car lui aussi apparut et l'emporta d'un coup, c'est décidément une manie chez elle. Soudain il fut là, devant elle, dans un pantalon bleu marine, détail qu'il rectifia à plusieurs reprises par la suite ; il n'avait selon lui jamais porté de pantalon bleu marine, et elle l'aima parce qu'il semblait sortir d'une rivière. Son visage paraissait lavé de frais, tout son corps aussi, pourtant en costume bleu marine, et ses yeux ou son regard semblaient directement retirés d'un ruisseau. Lui aussi elle l'aima sur-le-champ. Anna Lore, êtes-vous donc une abonnée de ce que l'on a coutume d'appeler le coup de foudre ? Mais de la même manière qu'il vaut mieux prendre des drogues hallucinogènes à vingt ans qu'à quarante parce qu'à vingt ans on abrite moins d'images qu'à quarante, le coup de foudre avait été bien moins perturbateur. Quelque chose avait immédiatement jailli en elle, s'élevant très haut, éclaboussant son existence mais comme le jet d'eau du Palais-Royal à Paris qui se contente de diffuser dans la lumière des millions de parcelles scintillantes. Pour son bonheur elle était seule, attachée à nul autre, aussi l'événement avait-il pu prendre sa forme très vite, très facilement, sans que rien ne s'y oppose ni ne contraigne sa vie urgente. Elle n'avait pas eu le temps de rêvasser, de faire surgir des dizaines d'images, aussi, très vite l'amour avait-il pu commencer. En un rien de temps sa solitude était devenue lettre morte, son passé avait sombré corps et biens, ne restait plus qu'un espace ouvert, lumineux, attirant, où s'avancer en dansant.

Mon Dieu, qu'il est loin ce costume bleu marine, se dit-elle en gravissant sa montagne, qu'ils sont loin ces yeux si clairs, non qu'ils fussent bleus ils étaient plutôt bruns, mais en eux il n'y avait pas l'ombre d'une arrière-pensée, pas l'ombre d'une douleur, d'un souci, ils regardaient le monde et Anna avec confiance, une absence totale de peur, comme on pose un bel objet sur une table et voilà, le bel objet est là, sur la table, ce qui fait que tout le reste de la pièce, on l'oublie. Et déjà elle avait été entraînée, subjuguée, mais cette fois-là ç'avait été sans la moindre douleur, il suffisait d'aller, et à chaque pas le paysage s'élargissait, révélait des vues qu'elle n'avait jamais contemplées, offrait des beautés dont elle n'aurait même pas soupçonné l'existence. Guillaume fut assurément le grand voyage de sa vie. La nuit tombe à nouveau : une montagne sérieuse ne se gravit pas en deux jours. À vrai dire, c'est plutôt le crépuscule qui s'installe et semble durer un peu, un entre-deux sans lumière, plus frais, qui oblige à ramener sur son corps les pans d'une veste, d'une écharpe, qui rend la solitude plus difficile car peu à peu tous les sons et le moindre ont de l'importance. Ce sont les rares moments où elle regrette de ne pas avoir un enfant pour marcher avec elle, un petit enfant pas trop jeune, décidé, dont il faudrait s'occuper un peu ce qui donnerait de l'activité et du sens. Elle marche dans les pas de Guillaume. À chaque pas, elle se demande ce qu'aurait fait Guillaume dans ce sentier, où il se serait arrêté pour souffler un moment ou manger quelque chose, dans quelle direction il l'aurait entraînée. Il l'a beaucoup trop aimée, Guillaume, et peut-être est-ce cela qui l'a perdu.

Mais au sommet, immobile dans son costume noir, fumant une cigarette et silencieux, un peu comme un passeur qui attend qu'on lui amène des gens qui veulent franchir la frontière secrètement, n'est-ce pas Thomas ? Légèrement tendu, il s'arrange cependant pour que l'on puisse distinguer sa silhouette, il s'expose, allez, il peut bien mourir, de la vie il n'a cure, il aimerait seulement faire son travail correctement, il doit faire passer des gens de l'autre côté, dont une certaine Anna, il va faire ce qu'il peut, du mieux qu'il peut, et si cela rate, tant pis, il en sera triste mais un ratage de plus ou de moins… Il a quatre paquets de cigarettes dans sa poche, une veste trop mince, le genre sportif n'est pas le sien, son genre, c'est d'être sur la brèche à attendre, il a été formé pour cela, professionnellement il ne se débrouille pas mal du tout, et puis l'on fait toujours confiance à quelqu'un qui accepte les situations dramatiques sans tenir plus que cela à la vie. Il distingue une avancée dans les fourrés. Il ne bouge pas. Parfois il ne voit plus aucun mouvement : c'est sans doute que l'on a renoncé pour une raison ou pour une autre. On lui a dit de rester jusqu'au matin ; il restera jusqu'au matin. Cela bouge à un autre endroit. Deux groupes ? Un groupe qui aurait changé de voie ? Il ouvre son second paquet de cigarettes, il trouve qu'il fait froid, il n'a pas suffisamment de souvenirs heureux pour se donner chaud. Qu'importe.

Mais non, ce n'est pas Thomas, c'est une ombre qui l'imite. Quand elle regarde vers le haut, tantôt elle distingue son habit et sa silhouette mince, tantôt quelque chose qui prend la forme d'une nuée, tantôt un arbre. Selon qu'on bouge dans un paysage on voit les formes autrement. Dans quel guêpier s'est-elle fourrée, Anna ! Elle pense à ses amies tandis qu'assise contre un tronc elle croque dans un morceau de pain sec et de fromage. Rima, Christine, Béatrice : comme elles auraient su se débrouiller, elles ! Il y a longtemps qu'elles auraient pris un parti, un seul, et s'y seraient tenues envers et contre tout. Qu'a-t-elle donc si peur de perdre en choisissant l'un plutôt que l'autre ? Si elle revenait à Guillaume, mon Dieu maintenant sans doute est-ce impossible, trop de mal a été fait, elle perdrait cette ouverture d'une vie nouvelle qui l'a tant aspirée qu'elle s'est engouffrée là-dedans cheveux au vent, robe claquant sur ses jambes. Mais n'est-ce pas une illusion que de croire à la vie nouvelle ? Si elle choisissait Thomas, elle perdrait une vie ancienne, si chaude et si tendre qu'elle avait été comme un ventre qui la contenait. Mais il semble qu'elle soit désormais sortie de ce ventre. Peut-on retourner à l'origine ? Certainement pas lorsque l'on en a été chassée comme Ève qui pleure, affolée, les mains sur les yeux, dans tant de fresques et de peintures.

Alors ? Seule comme un rameau dans le vaste monde ? Mon Dieu il semble bien, d'autant que ces deux hommes désormais sont immobiles, ne bougent plus, attendant sa sentence. Aucun d'eux n'exerce plus de pression, aucun ne se manifeste quoiqu'ils restent tournés vers elle puisque lorsqu'elle fait appel à l'un ou à l'autre pour avoir un contact, seulement un contact, ils répondent aussitôt, tour à tour. Les amis qui ont de l'humour suggèrent : un troisième homme ? Cela les fait tous rire et Anna aussi : un troisième homme ! Oh non ! Ne plus recommencer ce cirque, de grâce plus de désir. Depuis que Guillaume l'a quittée, un seul point de son corps a changé : une paupière. Du jour où il lui a dit qu'il la quittait, cette paupière gauche s'est trouvée soudain agitée d'un petit tic nerveux et s'est mise à battre plusieurs fois par jour, plusieurs fois par heure, elle craint que cela ne se voie mais on lui dit que non, non, il n'y paraît pas.

C'est tout de même drôle que Guillaume n'ait pas davantage insisté pour la reprendre, non? Elle en est étonnée. Bien sûr il a subi un coup terrible lorsqu'elle lui a parlé de son emportement, de Jude l'Obscur, mais ensuite? Pourquoi y a-t-il cru à ce point? Pourquoi ne s'est-il pas dit, je vais mettre mon corps entre eux, je vais emmener Anna, la faire voyager, l'écarter de cette menace, la reprendre et la garder? Autrefois, lorsque de minces orages apparaissaient au loin, il prenait immédiatement une décision, Anna sous son bras, et n'aurait laissé en rien quoi que ce fût mettre à mal leur grand amour. Pourquoi donc n'est-il pas intervenu cette fois? S'est-il senti immédiatement vaincu lui qui ne renonçait jamais? Affolé, débordé par une situation inédite? N'était-il pas plutôt, de son côté, un peu las lui aussi de cette histoire sans ombre? Si elle l'interrogeait là-dessus, il dirait certainement, non, non, non. Mais pourquoi faisait-il moins d'effort depuis quelque temps? Moins d'effort pour lui plaire, la séduire. La pensait-il à tout jamais conquise? Ce n'était pas son genre, pourtant, de se reposer sur des lauriers. Impétueux, si vivant, Guillaume voulait toujours ouvrir d'autres voies, aller plus loin pour le seul plaisir d'avancer et de se sentir au travail. Que s'est-il donc passé dans le secret de son esprit pour qu'il ait laissé Anna lui échapper, lui tomber des mains ? Y aurait-il eu aussi, de son côté, une autre femme ? À moins que lui aussi, puisqu'ils s'accompagnaient au point que les événements et jusqu'aux incidents les plus mineurs de leurs vies étaient très souvent curieusement parallèles, ne se soit trouvé dans le même temps qu'elle à un tournant, un carrefour. Peut-être voulait-il au fond prendre le large. Peut-être n'est-ce pas si mal tombé ?

Il semble donc que désormais, malgré tout, elle se dirige vers Thomas. Thomas qui ne dit rien et qui attend. Cette fois, ce n'est plus à lui de venir à elle comme dans les rues de Sorge ; c'est à elle d'aller à lui comme elle l'a déjà fait dans les rues de Bordeaux il y a plus d'un an maintenant, le cherchant, l'approchant, tournant autour de son corps quand de lui elle ne savait alors presque rien sinon qu'il lui rappelait quelqu'un mais qui ? Elle a fait des progrès depuis un an. Elle sait qu'il n'est pas Jude l'Obscur, qu'il n'est pas l'horloger de la rue Gay-Lussac qui vend des clepsydres et des sabliers, qu'il n'est pas le poète russe assassiné dont on connaît des photos en noir et blanc, qu'il n'est certainement pas ce cow-boy justicier

qui apparaît à l'entrée d'une ville du Far West,
qu'il n'est pas dans les films, pas dans les romans,
à peine dans la peinture. Il semble qu'elle soit
sortie de la fiction.

Mais l'aimera-t-elle, hors de la fiction ? Elle lui revoit des expressions de visage qui dans le lit l'ont étonnée, qui n'appartenaient pas du tout à Jude l'Obscur et dont elle avait été bien en peine de savoir si elle les aimait ou non. Cette incursion d'un Thomas inconnu lui avait fait un peu peur : n'était-il pas un parfait étranger ? Quelqu'un qui n'avait rien de commun avec elle ? Mais elle se rassure en pensant que dès sa première nuit avec Guillaume elle avait été stupéfaite, dans le lit aussi, de lui découvrir un profil gauche qu'elle n'avait jamais vu, qu'elle ne soupçonnait pas. Déjà, elle s'était demandé : saurai-je l'aimer avec ce profil que je n'avais pas vu, qui certes n'est pas déplaisant mais seulement tout à fait étranger à ce qui m'a fait l'aimer ? Et puis elle s'était faite au profil gauche, elle ne l'avait plus tant remarqué comme un profil inconnu, très vite il s'était tant et si bien intégré à Guillaume qu'ensuite elle ne l'avait plus jamais vu comme quelque chose d'étranger, d'à part de Guillaume, mais au contraire comme une information supplémentaire sur lui, son désir et son cœur.

Aimera-t-elle Thomas le vrai ? Pour le moment, il est assez fin, assez malin même, sans le vouloir ni le savoir, pour se couler à son désir et en épouser les formes. Donc, dans toutes les circonstances il conserve tout de même quelque chose de Jude l'Obscur. Il se peut que le désir que l'on vous porte vous modèle à sa forme et que celle qui aime un cow-boy fasse surgir un cowboy chez un homme qui n'en était nullement un. Elle note chez lui tandis qu'ils marchent dans les rues de Bordeaux qu'il veut lui montrer, une prudence, une retenue certaines. Mais c'était bien déjà son genre, à Sorge, d'être prudent et retenu. C'est donc tout lui. C'est elle qui s'exclame, déclare, affirme, décide ; il rentre dans son songe du mieux qu'il peut et ne dit jamais non. Sa retenue est telle, lorsqu'ils déjeunent par exemple sur une place dans un grand vent, qu'il pourrait parfaitement être Jude l'Obscur s'il n'était pas Thomas. Oui, c'est cela, exactement cela, durant tous ces mois d'approche il s'applique à entrer dans son songe et à en épouser les formes.

Ce qui prouve de l'amour, n'est-ce pas ? Ce qui prouve au moins le désir de conquérir l'autre. Il pratique l'effacement et le mime de ce qu'il voit dans ses yeux pour devenir ce qu'elle désire. Il se peut aussi qu'il aime pratiquer cela, qu'il aime même cela plus que tout, non pas en règle générale mais lorsqu'il est amoureux comme il le fut à dix-sept ans puis une seconde fois à trente ans. Deux fois il aima comme un fou et deux fois cela ne marcha pas. La première fois, l'on peut penser qu'il était jeune, inexpérimenté, et combien d'entre nous ont connu cette expérience d'un corps adoré qui se refusait et que l'on ne savait atteindre. La seconde fois il était plus mûr, mais le coup fut si fort, l'apparition si ensorcelante qu'il en perdit toute connaissance. Aujourd'hui, il n'est plus si jeune, il a Anna devant lui qui lui rappelle ces deux femmes d'autrefois, et cette fois, il ne ratera pas la prise. S'il la rate, c'en est fini de l'amour. Il fera une croix dessus, ne s'en portera peut-être pas plus mal mais il s'endormira tout de même un jour avec l'idée qu'il n'a pas su aimer. Anna vaut donc la peine qu'il sorte enfin toute sa science : tout ce qu'il a vu, compris, pensé, lu, écouté depuis cinquante ans. Tout ce qu'il a vécu, souffert, enduré, espéré, cru, imaginé, rêvé depuis cinquante ans. Tandis qu'elle déjeune avec lui sur cette place de Bordeaux secouée par le vent, il y a tout cela en lui, tout est convoqué. Et s'il lui fait tant d'effet, c'est peut-être parce qu'une présence aussi complète, c'est tout de même assez rare.

C'est ainsi qu'il la séduit. Parce qu'en lui toute sa vie remonte, convoquée, rassemblée pour elle. Pour la saisir. Cela crée un drôle de personnage qui ressemble davantage à un dompteur seul avec un nouveau fauve ou à un artiste en plein travail qu'à un amoureux. Elle pourrait très bien s'échapper, Anna. Elle voit bien que ce n'est pas du tout Jude l'Obscur, quoique, n'est-ce pas ce que fit Jude l'Obscur lui aussi lorsqu'il aima ? N'importe. Elle pourrait s'échapper, laisser là cet homme et Bordeaux dont les rues parfois trop ensoleillées la fatiguent, mais elle est émue par cette intensité invisible et ce va-tout muet. Elle ne s'imagine pas un instant qu'elle y est pour quelque chose, elle, Anna. Elle n'a jamais vraiment cru à l'amour. Non, elle est seulement une femme charmante outrée de désir, et voilà que pour cette femme charmante dont le désir lui fait beaucoup d'effet, un homme exécute une opération extraordinaire, rassembler toute sa vie, afin de la garder. Elle a toujours aimé les gens qui travaillaient comme des forçats. Elle aime qu'on se donne beaucoup de mal, que l'on déploie toute sa mesure, que l'on fasse un travail énorme comme Guillaume lorsqu'il gravissait des sommets incroyables. Elle-même a peut-être fait cela pour survivre. Elle le regarde donc faire cet effort considérable de convoquer toute sa vie et tous ses rêves sans ciller, sans bouger, tandis qu'ils déambulent, mangent un carpaccio à une table, feuillettent quelques livres sur un marché, admirent la beauté d'une porte dans une rue. Cela lui donne à penser et l'émeut.

Oui, sans doute est-ce cela qu'elle aime : cette présence mince et tendue, silencieuse parce que lorsque l'on marche sur un fil tendu très haut on ne bavarde guère. Il ne s'agit pas seulement de se concentrer alors, mais d'entrer et de se maintenir dans un état particulier où d'une certaine manière l'on est désormais loin de tout, tout en étant mieux que jamais présent au monde. Il est comme une lame dans les rues de Bordeaux, lui montre celles par où il se promène lorsqu'il est seul et pensif. Dans ces vastes avenues blondes parfois très vides où de merveilleux bâtiments du dix-huitième siècle à la grâce parfaite se répondent de part et d'autre comme dans un miroir, il avance tranquillement, sans peur, sans espoir, seulement à son travail d'homme qu'il fait du mieux qu'il peut. Parfois il la regarde avec une intense expression d'interrogation, comme tous les hommes il veut lui acheter des bonbons, des colifichets, tout ce qui lui fera plaisir, parfois une question éclate en lui, il s'arrête, il demande d'une voix un tout petit peu différente de sa voix habituelle, moins posée, pareille à une exclamation : mais Anna, dis-moi... mais il ne sait plus exactement ce qu'il veut lui demander et elle répond oui. Ce oui le soulage un instant puis l'inquiète à nouveau car nul ne sait très bien à quelle question répond ce oui. Mais c'est tout de même un indice, un élément. Il s'arrête et la regarde, sérieux, oui, dit-elle. Oui ? reprend-il. Et parfois ce sont leurs seules conversations.

Il n'est guère plus détendu dans le lit, ne sachant trop comment œuvrer puisqu'il ne sait ce qui arrive. Elle rit, elle le détend, il rit aussi et laisse tomber pendant un moment toute cette tension rassemblée, toute cette question qu'est devenue sa vie lorsqu'il pense à Anna ou qu'il est avec elle. Elle-même est très surprise de se trouver avec un autre corps, une autre nudité que celle à laquelle elle est accoutumée. Aussi se considèrent-ils avec stupéfaction et une crainte légère mais intense, feignant de faire comme des amants habituels, mais on dirait que la chambre est renversée, l'immeuble renversé, la ville sens dessus dessous, le monde complètement désorganisé et réorganisé autrement, les fleuves coulent dans un autre sens, là où était la Garonne il y a un désert, là où était le parc bordelais c'est un océan qui avance, tout est bien changé dit-elle, oui répond-il. Et lorsqu'ils sortent de ce contact timide et un peu effrayant où l'on dirait bien que c'est au-delà de leurs corps que quelque chose se passe et s'est passé, ils sont encore surpris d'avoir osé se toucher, de s'être touchés comme si, en réalité, ce devait être chose impossible, impensable.

Guillaume s'enfuit de son esprit. Elle se sent honteuse de l'oublier, de ne plus très bien se rappeler la forme qu'avait leur amour. Elle fait des efforts pour le faire revivre en elle comme on rassemble des objets, des photos, des lettres pour faire jaillir à nouveau le passé. Par moments elle a l'impression d'être devenue comme ces personnes dont tout un pan de l'histoire a sombré, à d'autres, le souvenir de Guillaume et de leur amour, de la forme et du cœur battant de cet amour resurgit avec une telle intensité que Thomas lui apparaît soudain comme un parfait étranger, une erreur monumentale, une illusion effrayante, une voie de garage, un puits dans son existence. Et elle qui une minute plus tôt le caressait du regard, s'entretenait avec lui dans une intelligence qu'elle pensait parfaite, voilà qu'elle le considère comme un fantôme qui lui a volé son homme, un spectre qui a dévoré son amour, une présence bien malfaisante qui la laisse désormais nue et tout à fait seule au monde. Mais les reprises sont moins ardues qu'il y a quelques mois. Thomas fait alors un geste ou prononce un mot le regard tourné ailleurs, et d'un millimètre ou deux elle revient à lui, il pèse le moins possible, il est si léger qu'elle peut bouger un peu, elle se tourne à nouveau vers lui et il fait celui qui ne voit rien, n'enregistre rien, ne remarque rien avec un génie de l'effacement qui impressionne Anna et lui donne de la gratitude envers lui.

Ça y est, elle est revenue, ce n'est pas pour autant qu'ils vont en faire une fête ; ils feindront l'un et l'autre de n'en rien savoir. Car ces mouvements de flux et de reflux d'Anna sont à ce point soumis à des détails impondérables que parfois déplacer une chaise seulement ou soulever une paupière causerait un tournoiement. Au fond, ils dansent une sorte de pavane sans se regarder dans les yeux, l'air d'observer les lointains, de ne se frôler que par mégarde, mais soudain, quand leurs yeux se croisent car cela forcément arrive, la question est moins lancinante qu'autrefois dans ceux de Thomas, ils sont l'un et l'autre moins suspendus que lorsqu'ils longeaient il y a si long-temps cette rivière sans beauté se racontant des histoires d'amour sans se toucher. Lorsque leurs yeux se croisent, ils se disent oui. Puis ils passent à autre chose.

En neuf mois, ils se seront séparés pour tou-jours au moins six fois, envoyé des lettres tra-giques, retourné leurs cadeaux, ils auront été assaillis de maux qui leur auront fait fréquen-ter chacun de leur côté une demi-douzaine de médecins. Thomas marche dans les rues de Bor-deaux le corps plié en deux par des brûlures si vives à l'estomac qu'elles lui coupent le souffle. Anna dans sa maison de Sorge cesse de saigner brusquement, se remet à saigner inopinément, pense être enceinte, ne l'est pas, et chaque jour une petite blessure entame sa chair, que ce soit au pied, à la main, dans le dos où pourtant nul ne l'a touchée sinon Thomas peut-être la der-nière fois. Ils prennent des pilules, décident en leur âme et conscience de renoncer l'un à l'autre et à cette histoire vraiment mal emmanchée, mais au-dessous de cela, comme dans un désert où aurait lieu une épouvantable tempête décimant tentes, campements, caravanes, leur terre reste inchangée. Parfois il supplie : stop, stop, c'en est assez. Mais elle continue car elle ne peut faire autrement qu'être une bourrasque. Il plie et ne rompt pas. Thomas Lenz qui ressemblez à un saule beaucoup plus qu'à un chêne, êtes-vous donc si fort?

Il leur arrive de raisonner en personnes sensées, naturellement. Non, dit Thomas qui prend alors un air un peu officiel. Comprends-moi, Anna. Je dois assumer mon travail, j'ai des enfants sur qui je dois encore veiller et qui comptent sur moi. Je ne peux pas devenir ce fou que tu exiges, traversé de secousses, de telles vagues d'émotions. Figure-toi qu'hier j'en balbutiais, je ne pouvais plus parler, tout le monde m'a trouvé bizarre, et de temps en temps je reçois un tel coup de feu dans le cœur que j'ai dû penser à ma disparition possible, classer certains papiers. Je ne cherche pas à t'apitoyer, dit-il, et il est vrai que ce n'est pas cela qu'il cherche, mais il te faut admettre que des secousses pareilles encore, et j'en serai décimé. Je ne veux pas en arriver là, il dit cela avec force et conviction, il est hors de question de devenir une espèce de loque, je me dois à moi-même, à ceux qui m'entourent, et...

141

Elle écoute cette incroyable plaidoirie. Y a-t-il réellement, en face d'elle, un homme qui lui demande de ne pas le tuer? Cela aussi elle l'a déjà vécu. Où? Quand? Comment? Où était-ce donc? Dans son cerveau et sa mémoire très lointaine s'ouvrent des vallées, un peu comme celles que l'on peut voir en Auvergne l'été, que ce soit au point du jour ou au coucher de soleil, des vallées profondes et douces comme des lits dans lesquelles flottent des brumes de chaleur dorées. Chaque fois qu'elle voit ces vallées sous ses pieds tandis qu'elle les observe d'une route très haut dans la montagne, elle voudrait s'y jeter, enfin les embrasser, enfin être en elles confondue. Tandis que Thomas lui demande de ne pas le tuer, sa mémoire très lointaine devient un paysage. C'est une curieuse transformation. Elle se dit qu'il exagère, comme Guillaume a exagéré en souffrant tant de la voir aimer ailleurs. Mais elle ne se dit ceci qu'après coup, car sur le moment, cet effroi qu'ils montrent tous deux, cette panique, ce désespoir l'affolent. Elle en est pétrifiée. Non tant d'en être la cause, car elle ne se croit en vérité cause de rien, chacun s'accroche à des songes et ce n'est que la disparition des songes aimés qui provoque une telle douleur, mais de voir sur leurs visages ou d'entendre dans leurs voix ce grand spectacle de la souffrance à l'œuvre. Sur le moment, elle ne sait pas et eux non plus que cela passera. Quand la folle panique de perdre votre bonheur s'empare de vous, qu'elle vous met à deux doigts de la mort, on oublie toujours, systématiquement et pourtant nous en avons tous déjà fait l'expérience, que cela passera. Quelques semaines, quelques mois au pire, et un matin l'on se réveillera tout surpris de ne plus rien sentir, de ne plus aimer, et l'autre sera comme quelqu'un qui n'a jamais existé, on sera étonné d'avoir été lié par toutes les fibres de son être à cette image qui s'est dissoute.

Elle n'aime plus Guillaume. Il l'a abandonnée. S'il voulait encore l'aimer et être aimé d'elle il n'avait qu'à rester, tenir bon, ce n'était tout de même pas si difficile. Il suffisait de penser à leur bateau, le *Virginia*, sur lequel ils avaient entassé des vivres pour quinze jours alors qu'ils partaient naviguer le long des côtes. La veille, ils avaient dormi dans un hôtel sur la plage, la terrasse de leur chambre envahie de grandes grappes de fleurs pourpres, violettes et roses. Au coucher du soleil, il était allé marcher sur le sable, elle était restée dans la chambre fatiguée par l'amour mais s'était avancée sur le balcon pour le suivre des yeux de derrière les fleurs. Plus tard elle l'avait rejoint, et passant par les rochers qui bordaient la mer ils s'étaient retrouvés pour dîner à un carrefour entièrement vide qu'un chat solitaire traversait de-ci de-là régulièrement, tournant à chaque fois la tête avant de s'engager, surveillant l'arrivée des voitures. Ils virent des flamants roses, ils virent des abeilles, ils virent une mer démontée

dont les rouleaux gris fondaient sur eux, ils virent
une tempête dans un port et Guillaume tout nu
s'agitait sur le pont, ils virent des eaux turquoise
qu'elle trouvait trop froides, ils virent tant et tant
de choses ensemble que l'esprit d'Anna était
comme un grenier vivant rempli de dix mille
objets. Pourquoi a-t-il vidé ce grenier qui un jour
ressemblera à une salle nue ? Il n'y a rien de plus
étrange qu'un grenier vide et propre. Il y en avait
un de ce genre chez les grands-parents d'Anna
dans une vaste maison près de Béziers, dans les
vignes. Nul n'aimait y pénétrer.

Ils virent des sangliers un soir dans leur jardin, ils virent des chamois tout en haut d'une
montagne, ils virent cent chambres d'hôtel, cent
villes, cent villages, ils se virent fatigués, joyeux,
énervés, curieux, affamés. Ils virent des ânes qui
se faisaient la cour sous un pommier, ils virent au
moins dix parcs, vingt châteaux, et les visites les
ennuyaient autant l'un que l'autre. Ils virent une
chouette sur le rebord de leur fenêtre, ils virent
des amis mais pas trop souvent car ils aimaient
être entre eux, ils virent des bijoux qu'il lui achetait et cela énervait Anna car elle n'aimait pas les
bijoux, ils virent des milliers de routes et Guillaume s'étonnait toujours que dans les films on
n'accorde pas plus d'importance aux routes, ils
écoutaient de la musique dans la voiture et parfois elle pleurait tant c'était beau, tant elle était
heureuse avec lui. Ils visitèrent des cathédrales et

des gouffres, ils s'engagèrent dans des forêts où des papillons orange les précédaient, ils lurent des livres mais elle lisait très peu quand il était auprès d'elle parce qu'elle le regardait, ils prirent cent bains ensemble, il lui lavait les cheveux, ils dormirent des milliers de nuits ensemble, elle aimait son odeur, ses gestes, son regard et c'était toujours elle qui s'épuisait la première ; jamais lui. Ils virent des aubes et des nuits, ils partagèrent trois maisons à Sorge avant de se fixer dans la dernière plus vaste, ils eurent un oiseau, un chat, elle aurait voulu une chèvre. Ils ne vivaient qu'ensemble et par fureur il a voulu vider ce grenier, balancer par les vantaux aménagés dans le toit toute leur vie, tout leur amour. Grand bien lui fasse. Désormais elle aimera Thomas et se reconstituera un nouveau grenier d'images.

Et puis c'est intéressant d'aimer un nouvel homme. Elle regarde les quelques photos de Thomas qu'elle possède, son visage lui plaît énormément comme il lui plut, lui, tout entier, la seule fois où ils quittèrent Bordeaux pour aller visiter un site quelconque et dormirent dans un hôtel pas extraordinaire. Elle lui avait demandé de la laisser seule un moment parce qu'elle trouvait si étrange d'être avec lui, et elle le vit par la fenêtre aller et venir dans la cour, fumant, préoccupé. Il lui rappelait des chevaux qu'elle avait montés dans son adolescence : minces, bruns, un peu ombrageux mais retenus, inquiets, sans paix. Elle regarde Thomas de derrière les voilages comme elle a regardé Guillaume cachée par des fleurs : on devrait savoir que les gens qui vous aiment vous regardent parfois lorsqu'on ne le sait pas. Il va et vient sur les gravillons de la cour, allumant cigarette sur cigarette, et elle est émue par son inquiétude. Quand elle le retrouve, c'est comme

lorsqu'elle retrouvait Guillaume après une séparation, elle fait bonne figure, se montre enjouée,
mais en elle comme toujours ou presque passé
le premier moment des retrouvailles il y a une
fatigue, un intense désir d'être seule. Parfois elle
se dit qu'un homme c'est trop pour elle, trop de
présence, trop d'étrangeté, elle se demande comment font les autres femmes.

Que c'est étrange de quitter quelqu'un que l'on
aime pour quelqu'un que l'on aime. On passe par
une passerelle qui n'a pas de nom, qui n'est nom-
mée dans aucun poème. Non, nulle part on ne
donne un nom à ce pont et c'est pourquoi Anna
eut tant de mal à le franchir. Elle commence seulement à ne plus confondre Guillaume et Thomas.
Par bonheur, ils ne font pas du tout les mêmes
gestes ; au lit ils sont tout à fait différents. C'est
au lit qu'ils sont le plus différents. C'est donc très
reposant, le lit, puisque alors, Thomas n'est pas
Guillaume. Et peu à peu le corps d'Anna quitte
Guillaume pour rejoindre Thomas. Mais n'était-
il pas question de cela depuis le début ? N'est-ce
pas pour cela que Guillaume a rompu si vite et si
durement ? La psychanalyste d'Anna le lui avait
dit avant même que quoi que ce soit n'ait lieu :
c'était très érotique ce rapport avec Thomas.
Ah bon ? Érotique ? Ils n'avaient fait que parler.
Oui, mais quelle conversation, disait-elle. Comment cela quelle conversation ? Avait-il jamais
été question d'intimité, de confidences, de pri-

vautés ? Nullement. Ils ne parlaient que de leurs lectures, des gens de Sorge, de leurs occupations. Oui, mais avec quelle intensité. Quelle intensité, certainement. Oui, c'est vrai, ils parlaient de tout cela avec une intensité qui n'avait peut-être pas lieu d'être pour parler de leurs lectures, des gens de Sorge et de leurs occupations. C'est comme si nous haletions, disait Anna à sa psychanalyste. Pour rien au monde je n'aurais évoqué quoi que ce soit de sexuel avec cet homme si réservé, pour rien au monde, mais c'est comme si nous respirions un peu trop fort pour une conversation ordinaire. Et elle se rappelait comment on fait l'amour avec des mots, des paroles, comment c'est parfois la plus intense manière de faire l'amour. À Sorge, dans les cafés, Thomas et elle couchaient ensemble, en réalité, chaque matin. Sans y toucher, de chaque côté du guéridon, regardant au loin. Mais leurs paroles s'emmê-laient tant, s'enlaçaient si bien, bougeaient si bien l'une contre l'autre. Et Guillaume, c'est incroyable, Guillaume avait senti cela, compris cela. D'où sa réaction brutale, terrible. Thomas, trouves-tu que nous faisions l'amour à Sorge tandis que nous bavardions de nos lectures, de nos occupations, des gens de Sorge aux terrasses des cafés ? demande Anna à Thomas. Peut-être, dit-il. J'éprouvais de curieuses impressions. Je m'efforçais de t'échapper, le lendemain j'allais déjeuner à Tauge, à Venves, j'essayais d'être loin de toi, ne pensais qu'à toi, ne comprenais rien.

Ton sexe avait-il des manifestations inattendues? lui demande-t-elle. Non, mon sexe était tranquille, dit-il. C'était mon cœur qui était malmené, inquiet, effrayé. Je ne comprenais pas ce qui arrivait. J'avais fait une croix sur l'amour, je t'assure, vraiment je n'avais plus envie d'amour. Je m'imaginais une vie tranquille faite d'amitiés, de sérénité, d'une sorte de tristesse que j'avais fini par aimer bien. Quand je t'ai vue je n'ai pas du tout pensé à l'amour. J'ai pensé, tiens, une rencontre agréable, une conversation intéressante, mais ensuite je pensais beaucoup trop à toi. Pas à ton corps, non, pas du tout, je te l'assure et m'en excuse. Non, je pensais à parler avec toi, comme c'était bien de parler avec toi, comme j'aurais aimé parler tout le temps avec toi. Mais alors, Thomas, lui dit-elle, tu étais amoureux de moi, non? Non, pas du tout, lui dit-il. Je n'étais pas amoureux de toi ou en tout cas ne me le disais pas. En m'éveillant chaque matin j'étais joyeux parce que peut-être je te rencontrerais dans Sorge et alors nous aurions une bonne conversation, tu me dirais des choses qui m'intéresseraient, je te dirais ce que j'en pensais, tu serais contre, tu t'y opposerais et alors il faudrait que je trouve d'autres arguments et tout cela me rendait l'été bien plus intéressant que d'habitude.

Comme dans ces films de science-fiction où des murailles qui défendent une grotte secrète au centre de laquelle toute une population prépare un monde nouveau s'ouvrent et coulissent le temps de laisser entrer un porte-avions ou sortir un vaisseau, il se fait en Anna des mouvements énormes et lents. Des murs que l'on aurait crus fixes pivotent et se déplacent, des rocs qui semblaient lourds, inamovibles, s'écartent comme des rochers de carton-pâte que l'on pousserait d'une main sur la scène d'un théâtre. Jamais elle n'avait assisté à une telle transformation en elle. C'est très surprenant. Peut-être était-ce cela, au fond, plus qu'une décision fantasque et inquiétante que son vieil ami Pierre guettait chez elle depuis toujours. Jamais de sa vie elle n'a autant parlé à ses amis de ce qui se passe en elle. Qu'elle croise Brigitte, Delphine, Sophie, Gilles, Jacques, l'amie de Jacques, la sœur de Sophie, la mère de Gilles, à la question : comment vas-tu ? elle raconte aussitôt, en détail, et ceci chaque jour de chaque mois, l'avancée de la transformation en elle, les secousses, les doutes, les croyances, l'attente. Le monde entier est au courant de son odyssée, chacun s'y intéresse passionnément. Brigitte demande : c'est donc possible ? les yeux écarquillés, et elle raconte qu'elle-même aimerait bien un jour être assez seule, assez libre pour s'enivrer comme elle ne l'a jamais fait, elle voudrait savoir ce que cela fait de s'enivrer à en perdre la tête, elle se demande si alors on oublie tout de sa conduite de la veille. Maria suit les progrès de la révolution, attentive. Depuis le début elle a une idée sur la manière dont cela finira et cette idée semble heureuse mais elle ne veut pas la communiquer à Anna, lui dit-elle, pour ne pas risquer de l'influencer. Gilles qui n'appelait plus guère appelle désormais régulièrement : alors ? Où en est-elle ? Jacques indique des livres, Marcelline signale des événements qui se passent à Bordeaux. Tout le monde parle de Thomas et de Guillaume, usant de leurs prénoms, comme si Thomas et Guillaume étaient des gens que désormais tout le monde connaît, dont ils suivent le destin en même temps que celui d'Anna.

Et de ceci, au fond, elle a toujours rêvé, Anna Lore. Non pas de «se donner en spectacle», formule utilisée par son vieux père à qui pour la première fois de sa vie elle s'est confiée aussi, et qui, amateur de discrétion, craint pour elle qu'elle n'en fasse trop, ne parle trop et ne se fasse mal juger. Non, ce dont elle a toujours rêvé c'est que le monde l'accompagne, d'être ainsi entourée, épaulée, soutenue par une foule aimable et aimante tandis qu'elle accomplit un chemin difficile et fascinant. Comme il est précieux de ne pas être seule dans les rues de Bordeaux où se cache son amour. D'avoir autour de soi ce flot de présences amies et bienveillantes, curieuses et si intéressées par son aventure que l'on croirait qu'elle leur fait du bien à elles aussi. Anna, elle, ne s'est jamais tellement intéressée aux amours des autres, mais c'est aussi qu'ils n'en parlent pas ou à demi. Parfois, elle guette sur leurs visages et dans les intonations de leurs voix une lassitude, un désir qui serait bien légitime de passer à autre chose, de parler d'autre chose, d'eux-mêmes par exemple. Mais non, elle a beau scruter soigneusement leurs expressions et tendre l'oreille aux sons de leurs paroles, elle ne voit et n'entend que le désir de participer à sa grande aventure. Et selon ce qu'elle raconte et comment elle le raconte au fil des jours, les avis des uns et des autres l'épousent, s'incurvent là où elle fait une courbe, se redressent lorsqu'elle se redresse, s'enfoncent lorsqu'elle entre dans des coins obscurs, sont légers lorsqu'elle est légère. C'est grâce à ce flot qu'elle peut avancer; seule, elle ne le pourrait peut-être pas.

C'est alors que pour la première fois Anna entend parler de la délinquante de Kiev. C'est à la télévision, elle regarde les images, et la délinquante de Kiev lui ressemble comme une sœur, c'est incroyable. Cette fille plus jeune, plus maigre qu'elle mais dont les yeux sont tout à fait pareils aux siens, la bouche aussi, la forme du visage et même les épaules vient d'assassiner ses deux amants. Anna se met à suivre chaque jour et presque à chaque heure l'histoire de la délinquante de Kiev que certains médias appellent aussi l'adolescente de Kiev alors que cette fille a plus de vingt ans mais en paraît parfois, il est vrai, beaucoup moins. Elle avait deux amants, Oleg et Micha qui étaient frères. Elle avait d'abord eu une histoire d'amour avec Micha; ils avaient même eu un enfant qui était mort nourrisson. Suite à ce deuil, il semble que cette fille de Kiev ait été très malheureuse, qu'elle ait fait une sorte de dépression, Micha faisait du mieux qu'il pouvait pour l'aider mais elle avait commencé à avoir une conduite un peu erratique, sortant tard dans les rues, dans les bars, buvant trop, ne rentrant pas de la nuit. Micha allait la chercher dans Kiev vers trois ou quatre heures du matin, on lui disait qu'elle était passée par ici, passée par là, il courait derrière elle et parfois ne la retrouvait pas. Micha avait trente ans ; Oleg, vingt-six. Pour des raisons incompréhensibles car elle n'avait jamais manifesté un intérêt quelconque pour Oleg, Évangeline, c'était le nom de cette fille de Kiev, se réfugiait souvent chez Oleg. Il avait toujours trouvé cette belle-sœur assez attirante, mais jamais il n'aurait pensé la toucher puisqu'elle était à son frère et qu'il aimait bien son frère. Mais Évangeline depuis la mort de son bébé semblait si perdue, si égarée et trouver tant de réconfort dans la présence d'Oleg qu'il se passa ce qui devait se passer : un soir ils couchèrent ensemble, il fut très ému par elle et une sorte de mensonge familial se mit en place.

Car, évidemment, Oleg et Micha se rencontraient assez souvent et se parlaient. Micha faisait part à son frère de ses soucis concernant la santé et la conduite d'Évangeline ; Oleg ne parvenait pas à lui dire qu'Évangeline couchait avec lui.

Mais elle couchait aussi avec Micha puisqu'elle se partageait entre l'un et l'autre et il semble que c'était ce partage qui lui faisait du bien, l'aidait un peu à reprendre pied. Les choses devinrent terribles car elle était aussi folle de Micha que d'Oleg et surtout, à mesure que le mensonge grandissait et s'installait entre les deux frères, l'amour d'Évangeline pour l'un comme pour l'autre grandissait aussi. C'était devenu un besoin érotique irrépressible. Elle courait chez Micha pour coucher avec lui et, sitôt l'affaire faite, se rhabillait à toute vitesse et courait chez Oleg. Elle souffrait moins de la disparition de son bébé. Courir comme cela d'une rue à l'autre, d'un appartement à l'autre, d'un homme à l'autre, d'un lit à l'autre lui apportait un petit réconfort. Micha comme Oleg la trouvaient bien un peu folle, mais Évangeline était si ardente que c'est tout de même toujours un plaisir pour un homme de voir des yeux tour à tour mourants, affamés et un corps souple qui se colle à vous et s'offre avec pétulance. Ils en étaient un peu gênés l'un et l'autre, trouvant cette passion excessive, déréglée, mais ils profitaient tout de même de la situation, quel homme ne l'aurait pas fait?

Jour après jour, Anna suit l'histoire de la délinquante de Kiev dont parlent toutes les chaînes, toutes les radios, car l'histoire est si jolie, si romantique avec les meurtres que tout le monde en est fou. On organise sur les plateaux des débats avec des psychanalystes, des philosophes, des spécialistes de l'Ukraine, des juristes, tant chacun se délecte, et on le comprend, d'examiner le cas de la délinquante de Kiev. On la voit à six ans, à huit ans sur des photos, des journalistes retrouvent ses institutrices qui racontent quelle petite fille sympathique elle était, on interroge son père stupéfait, ses amis de fac qui disent qu'elle voulait devenir écrivain. Elle les a tués l'un et l'autre avec un poignard, et lorsqu'on la voit le jour de son arrestation elle a l'air parfaitement calme et posée, elle a même une certaine distinction. Que s'est-il passé ? Dans une conférence de presse qui passe et repasse sur le Net, vue déjà par dix millions d'internautes, elle explique avec calme comme elle parlerait d'un roman qu'elle a publié qu'il est arrivé un moment où, lasse de ne pouvoir choisir entre ses deux amants qu'elle aimait l'un et l'autre d'amour tendre et fougueux, l'idée de se tuer elle-même lui est d'abord venue mais elle a rejeté cette idée parce qu'elle n'avait pas envie de mourir. Alors, peu à peu, c'est l'idée de les tuer l'un ou l'autre qui lui est venue. Au début, ce n'était que l'un ou l'autre. Mais lequel ? Elle pensait au meurtre comme à quelque chose d'agréable, oui, elle le confesse et pourquoi pas, ce n'est pas la peine de tourner autour du pot, oui, elle pensait que tuer pouvait lui faire du bien. Mais elle trouvait idiot de rester sans Micha ou sans Oleg. De rester soit avec Micha, soit avec Oleg. Elle trouvait idiot de choisir puisque précisément, c'était choisir qu'elle ne pouvait pas.

Chaque matin, Anna rallume la télévision ou l'écran de l'ordinateur. Évangeline est toujours là, de plus en plus calme et posée à mesure que les jours passent après les meurtres. Une après-midi, elle n'en pouvait plus dit-elle devant les journalistes en rajustant tranquillement un bracelet sur son poignet. Elle s'est demandé si chez elle elle avait un poignard comme dans un roman. Non, elle n'avait évidemment pas de poignard, personne ne possède un poignard à notre époque. Mais ce qui était incroyable, c'est que l'un et l'autre de ces hommes lui avaient offert un couteau sophistiqué à la lame mobile au début de leurs relations. Le couteau de Micha avait un manche en ivoire ; celui d'Oleg, en corne. C'était exactement les mêmes couteaux de la même marque avec une tête de lion gravée sur la lame. Celui de Micha était un peu plus fin que celui d'Oleg. C'était un «couteau de dame» alors que celui d'Oleg était un couteau d'homme. Au fond, explique Évangeline très calme, elle a toujours eu envie de tuer. Cela ne l'obsédait pas, non, elle n'est pas une psychopathe, mais il est vrai que lorsqu'elle pensait à quelque chose d'extrême qui pourrait la contenter vraiment, eh bien, ce n'était pas à la jouissance érotique qu'elle pensait, qui évidemment est une chose bien agréable mais tout de même en deçà de l'intensité qu'il y a en elle. Non, elle avait toujours eu envie de commettre un meurtre, c'est certain. Jusque-là, elle s'était retenue car cela ne se fait pas. Elle aurait pu se retenir encore et se retenir toujours si elle n'avait pas perdu un bébé, mais la perte de ce bébé avait ouvert une possibilité.

J'ai pris mes deux couteaux, explique-t-elle, je suis d'abord allée chez Micha, sa poitrine était large, sa chemise blanche, je me suis mise toute nue pour coucher avec lui, je suis retournée à mon sac où il y avait le petit poignard blanc au manche d'ivoire, je suis revenue vers lui et je le lui ai enfoncé dans le cœur, exactement à l'endroit où il m'aimait. Silence dans la salle de la conférence de presse. Un journaliste italien lève le doigt : a-t-il souffert ? Je ne sais pas, répond Évangeline, non, je ne crois pas, il s'est effondré tout de suite. Une journaliste anglaise du *Times* lève le doigt, elle porte une jolie robe grise près du corps et une coiffure un peu années quarante : a-t-il crié ? demande-t-elle en anglais. Non, dit Évangeline, il a eu l'air surpris, mais c'est tout. Qu'est-ce que cela fait de tuer un homme ? demande une petite journaliste provençale. Pendant un moment Évangeline ne dit rien. On pense qu'elle ne va pas répondre, éluder la question, mais non. Au bout de quelques minutes elle répond : rien, dit-elle. Presque rien. C'est incroyable qu'on la filme racontant et expliquant sérieusement ses meurtres, pense Anna. N'est-ce pas la première fois que cela arrive ? On vit dans un monde terrifiant où l'on peut raconter dans une conférence de presse pourquoi et comment l'on a tué des gens. Comme s'il s'agissait d'un film ou d'un roman. Et puis elle laisse tomber Évangeline et Kiev.

Elle voit Thomas, elle voit de plus en plus souvent Thomas qui vient à Sorge secrètement tandis que Guillaume s'est établi chez des amis en bord de mer. Cela lui fait très drôle de recevoir Thomas dans la maison où elle a vécu avec Guillaume. Au début, c'est extrêmement étrange puis peu à peu elle s'habitue. Plus il vient, plus il chasse Guillaume de la maison. Il pose sa veste de tweed sur un portemanteau du vestibule, ce que Guillaume ne faisait jamais et d'ailleurs Guillaume ne portait pas de vestes de tweed, aussi aime-t-elle cette veste suspendue là qui ne lui rappelle rien. Puis il y a autre chose qui creuse une bienheureuse différence : Guillaume la touchait tout le temps. Où qu'elle passe, quoi qu'elle fasse, la main de Guillaume touchait son corps, tout le temps, alors que Thomas ne la touche jamais par surprise, jamais. Il ne la touche que si elle l'a touché d'abord. Et alors, même s'il le fait, ce n'est jamais aussi fougueusement qu'elle, aussi brutalement qu'elle, c'est toujours plus lent, plus retenu, et ainsi il chasse Guillaume de la maison. Ils dorment dans le lit où elle dormait avec Guillaume, au début elle se dit qu'elle va acheter un autre lit ou installer la chambre ailleurs dans la maison mais un lit est un lit, une chambre est une chambre faite pour l'amour, il serait vain d'organiser des déménagements factices, elle garde la chambre, elle garde le lit, elle s'efforce seulement de ne jamais prendre Thomas pour Guillaume.

Pendant longtemps elle sera embarrassée, très mal à l'aise même, de suivre avec lui ses coutumes habituelles du sommeil, du petit déjeuner, de la salle de bains, des soirées près du feu. Mais comment les changerais-tu? lui disent ses amis, tu es toi, tu as ta manière d'être, ce n'est pas parce qu'un homme nouveau est arrivé que tu vas devenir quelqu'un d'autre. Oui, sans doute, mais chaque fois qu'elle est très heureuse avec Thomas c'est lorsqu'il fait quelque chose ou dit quelque chose de tout à fait différent de Guillaume. Il a pris l'habitude d'une pièce, par exemple, où Guillaume ne se rendait quasiment jamais. Ce n'est pas elle qui lui a indiqué cette pièce; c'est lui qui l'a trouvée tout seul. C'est dans cette pièce qu'il passe ses coups de téléphone, s'installe à une table lorsqu'il a quelque chose à écrire, et alors qu'il s'agissait jusqu'à lui d'une espèce de buanderie un peu vague avec ses hauts placards remplis de linge, il en fait une sorte de bureau dans lequel il lui demande toujours la permission d'entrer car il ne s'installe jamais chez elle comme si c'était chez lui, et tandis qu'il écrit sur la table et qu'elle vient poser sa main sur son épaule, doucement, tout doucement, car jusqu'à elle il n'aimait pas beaucoup qu'on lui touche l'épaule lui non plus, elle regarde par l'œil-de-bœuf aménagé dans le toit et voit un jardin merveilleux, son jardin, tel qu'elle ne l'avait quasiment jamais vu puisqu'elle ne le regardait jamais de cette fenêtre et elle trouve que ces herbes longues d'un vert très pâle qu'elle distingue au loin, cette barrière minuscule, ces choux bleus et rêveurs qu'un jardinier vient de temps en temps arroser ou couper elle n'en sait rien, elle ne s'intéresse pas du tout au jardinage, forment un paysage très beau.

Elle a beaucoup moins mal au ventre qu'au début, mincit, brunit et ce qu'elle aime de plus en plus chez Thomas c'est qu'il la laisse s'avancer. Il ne bouge pas. Cet homme a un véritable génie de la présence, de la distance. Il se tient toujours à quelques mètres d'elle, jamais contre elle sauf si c'est elle qui vient contre lui, jamais collé à elle sauf si c'est elle qui se colle à lui, mais même alors, quoique très réceptif il ne bouge pas. Elle est émerveillée de cela car Guillaume, lui, la dévorait toujours et parfois c'était épuisant d'être dévorée à ce point. Au fond, Thomas pourrait être toujours avec elle et rester éternellement un étranger, toujours là et toujours un peu Jude l'Obscur, la toucher sans la toucher, la prendre sans la prendre, l'embrasser sans que jamais l'on soit bien sûr que ces lèvres et ces bouches se soient réellement rencontrées. Il laisse de la fiction entre eux comme si tout cela, peut-être, n'a été que rêvé, mais en même temps où qu'elle se tourne il est là, comme un signe sur une page, on peut bien tournoyer autour, les yeux sont toujours ramenés à ce signe qui signifie quelque chose dans une langue que l'on n'a pas encore déchiffrée.

Ils ne sortent de Sorge qu'à la nuit tombée car pour le moment elle exige que nul ne les sache ensemble. Ce n'est pas que sa propre réputation l'inquiète ; c'est qu'elle ne veut pas que l'on fasse du mal à Guillaume en lui rapportant que l'on a vu Anna avec Thomas. Il comprend, il accepte. Mais ce n'est pas si mal ce secret provisoire, car alors ils ne sortent que de nuit sous un grand ciel si vaste et eux si gris dans la pénombre, comme des ombres, que c'est troublant ce début de vie ensemble. Ils vont sur des routes se tenant par la main, pas une voiture ne passe, les grands arbres noirs ne bougent pas, leurs pas sur l'asphalte résonnent. Ils bavardent et rient, elle cueille des fleurs grises, ils descendent près d'un lac immobile. Parfois, heureusement, il maugrée un peu et dit qu'il est las de tout ce mystère, qu'il lui tarde d'avoir Anna avec lui au jour, en plein jour, qu'il n'aime pas le secret, que le secret le met mal à l'aise, que ce n'est pas son genre. Elle comprend, elle admet, mais lui demande de tenir bon encore quelques semaines, le temps que Guillaume se remette tout à fait, qu'il ne souffre plus. Par solidarité masculine mais aussi parce qu'il n'a pas d'autres possibilités, Thomas accepte, reconnaît qu'en effet… mais sans cesse un accident du jour lui donne l'occasion, comme s'il était devenu oublieux des exigences d'Anna, de la croiser en plein soleil, de la faire venir à lui en plein soleil. Tu exagères, dit-elle. Je sais, dit-il. Et continue entre eux cette urgence du premier jour, du premier café pris ensemble dans Sorge, cette urgence d'être ensemble, toujours, tout le temps, comme si toute séparation de corps était devenue parfaitement impossible.

Jamais elle n'a eu autant besoin d'être avec quelqu'un, contre quelqu'un, en permanence. Même avec Guillaume qu'elle aimait tant elle ne souhaitait pas une telle union. Certes il était merveilleux de vivre ensemble mais ce qui l'était surtout, par-dessus tout, c'était ces promenades extraordinaires au-dehors, au-dehors justement. C'était là qu'ils se rassemblaient le mieux, au-dehors, sur les sentes, dans les montées, dans la montagne. Ce n'était pas exactement chez eux. Avec Thomas, oui, elle veut se marier il n'y a pas d'autre mot. Et un jour où elle le lui disait, eh bien je t'épouse lui dit-il, pour lui ce n'était pas aussi nécessaire, il avait déjà épousé et ne s'en était guère senti satisfait. Mais si c'est ce que veut Anna, il veut bien. Elle ne sait pas très bien comment l'on fait pour épouser quelqu'un elle qui jusque-là n'avait jamais voulu se marier. Thomas évoque des considérations pratiques, non, non, ce ne sont pas du tout les considérations pratiques qui intéressent Anna, elle s'en fiche, ce qu'elle veut, c'est une cérémonie secrète, mystique, un passage où l'on perd son passé pour entrer dans une autre vie comme lorsque Marie-Antoinette conduite à Louis XVI dut passer par une tente sous laquelle on la déshabilla, on la mit complètement nue, on laissa derrière elle tous ses objets et tous ses amis du passé, on la rhabilla autrement et elle sortit de la tente par l'autre ouverture pour aller vers sa nouvelle vie. Voilà dit Anna à Thomas, c'est ce que je veux, c'est exactement cela que je veux.

Il comprend, car il s'est mis à comprendre tout ce que pense Anna, tout ce que veut Anna, tout ce qu'elle est. Il ne dit jamais non, sauf les jours où elle veut du secret. Pour le secret, c'est non. Pour cela seulement, pour cela seul, c'est non. Quand elle lui dit essayant de l'attendrir, de le charmer, de le désarmer : mais tu sais, j'ai toujours vécu dans un certain secret, c'est mon ordre, c'est mon monde, non, dit-il, il n'en est pas question. Sur ce point du secret il est intraitable. C'est le seul sur lequel il est intraitable. On pourrait s'aimer et se voir en cachette lui dit-elle, profitant des moments où elle se déshabille et où il la regarde, c'en serait même peut-être plus excitant. Non, dit-il. Et forcément, elle aime beaucoup se heurter à ce roc. Sur ce point il n'hésite jamais à revenir à la charge alors que sur tous les autres il est d'une délicatesse et d'une prudence parfaites. Il veut la présenter à ses fils. Elle s'en offusque. Qu'a-t-elle à faire de ses fils ? En quoi leur amour regarde-t-il ses fils ? Il les regarde, répond-il tranquillement. Des enfants ont besoin de savoir comment vit leur père et avec qui. Elle pense qu'il est tellement fier d'avoir une amoureuse plus jeune que lui, encore jolie, qu'il a envie de l'exhiber comme un trophée et elle le lui dit. Pas du tout, répond-il en riant. C'est simplement que je t'aime, que tu es essentielle pour moi, j'aime beaucoup mes enfants, si j'avais une aventure banale je ne leur en parlerais pas mais tu changes ma vie, je me dois de leur montrer en quoi, pourquoi et par qui ma vie est changée.

Elle réfléchit très longtemps au bien-fondé de ce point de vue. Elle le soupçonne de vouloir montrer qu'il est viril. En même temps, cela la fait sourire et l'émeut. Elle le soupçonne de vouloir montrer à ses enfants, ses amis, qu'il est vraiment formidable puisqu'il a pu séduire une femme plus jeune, assez jolie, on lui répète toujours qu'elle l'est, elle n'en fait pas un plat mais entérine, et ne veut pas entrer dans ce jeu. Qu'est-ce que ce désir de montrer sa conquête ? Elle n'aime pas du tout servir de faire-valoir. Il est arrivé qu'on en use ainsi avec elle ; elle a toujours détesté cela. Être montrée comme un objet intéressant, si original, voir tout le monde la regarder comme un singe, charmer parce qu'elle sait si bien le faire. Ce qu'il y avait de bien avec Guillaume, c'est qu'ensemble ils ne voyaient personne. Elle était sa merveille à lui et la merveille de personne d'autre. Guillaume n'avait pas besoin de la montrer; c'était sa grande force. Elle étudie donc Thomas sur ce point; elle veut être bien sûre que s'ils vivaient dans un désert, il serait heureux d'être au désert avec elle. Mais oui dit-il, seulement nous ne sommes pas au désert. Mais elle-même, d'ailleurs, se soupçonne de ne plus tant aimer le secret. Certes les gens de Sorge la savaient vivant avec Guillaume mais comme ils recevaient très peu, quasiment pas, très souvent en voyage, qu'ils avaient chacun leurs amis, qu'il ne l'accompagnait presque jamais à Paris et n'avaient tous deux avec leurs familles que des relations très distantes, leur couple vivait au fond d'une grotte. Elle aimait cela, Anna Lore. Elle avait dans son portefeuille une photo de Guillaume qu'elle montrait parfois à ses amis de Paris mais c'était à peu près tout ce qu'ils connaissaient de Guillaume : ce visage d'il y a vingt ans qui ne ressemblait plus tellement à son visage actuel.

Elle se demande parfois, lorsqu'elle regarde par la fenêtre chez elle, un peu désœuvrée et réfléchissante, si elle n'a pas aimé Jude l'Obscur pour sortir du secret. C'est une question très vaste et très profonde qui touche en elle des régions qu'elle n'a peut-être pas très envie de considérer de plus près. Elle ne veut pas savoir pourquoi elle a tant tenu au secret. Et c'est drôle, chez Anna Lore qui veut toujours tout savoir, qui cherche toujours à comprendre, qu'il y ait un point qu'elle ne souhaite pas examiner. Est-ce quelque chose de terrible qui se cacherait là ? Non, certainement pas. Elle n'a d'ailleurs pas la terreur du terrible. Non, c'est plutôt qu'elle a le sentiment que si l'on retirait cette plaque, son corps serait si exposé qu'il en subirait des dommages. Elle est donc prudente et raisonnable plutôt que lâche ou apeurée. Mais désormais quand on lui dit secret, quand on prononce le mot secret, elle pense à Jude l'Obscur apparaissant au loin dans les rues de Sorge et comment cette apparition retourne le secret, en montre l'avers tandis qu'elle vivait sur le revers.

Plus il s'incarne, Thomas Jude, moins elle flambe de manière inconsidérée et plus elle retrouve son calme d'autrefois. Un jour, elle l'aimera sans doute comme elle aimait Guillaume, dans une sorte de joie tranquille et sûre. Sans doute allumera-t-il toujours ou du moins longtemps encore, par sa seule apparition, tout ce côté d'elle, cette longueur en elle, comme s'il y avait là un circuit électrique enfoui depuis longtemps qui à sa seule vue se remet en marche. Mais parfois, une immense fatigue la saisit à l'idée de tout cet amour, de cette aventure si considérable, un épuisement tel qu'il la jette sur des lits, des canapés, des divans et lui fait fermer les yeux. Elle se demande alors si, au fond, elle n'a pas tout inventé.

Elle voudrait encore retarder le moment. Bien sûr, Guillaume l'a quittée et désormais elle est avec Thomas secrètement, mais ce qu'il y a de bien dans le secret c'est qu'il permet de faire soudain volte-face. Elle le prolonge en tirant sur la corde : Thomas y consent mais n'y consentira pas longtemps. À chaque répit amoureux, chaque repos, il introduit à nouveau la possibilité d'être au jour. Elle fait semblant de ne pas comprendre, trouve des prétextes pour rester dans l'ombre, et c'est alors que lui aussi sort de sa poche l'appartement, exactement à l'inverse de Guillaume qui se noya dans la fournaise en l'emmenant visiter celui du bord de mer qu'il n'avait pas acheté pour qu'ils y vivent tous les deux mais seulement plus aisément à Sorge. Thomas lui aussi a acheté un appartement. Haut de plafond parce qu'elle lui avait dit un jour qu'elle rêvait de plafonds hauts comme chez sa grand-mère, à Bruxelles, où lorsque l'on était enfant et étendu dans son lit la hauteur de la pièce semblait si considérable que les meubles même massifs avaient l'air tout petits. Elle lui avait dit aussi, l'inconséquente, qu'elle aimait le feu et les endroits biscornus dans une maison. Il n'avait pas cherché longtemps ; il avait trouvé très vite : les hautes fenêtres, les cheminées, les marches et les recoins, et Anna, à cette annonce, s'était enfuie comme un lièvre. Reviens, reviens, disait-il dans ses mails car à nouveau elle voulait rompre. Non, il était allé trop loin, lui offrir cet appartement que Guillaume lui avait refusé, penser qu'elle y resterait plus d'une minute, la faire entrer dans sa vie, elle qui ne souhaitait entrer nulle part et toujours frauder avec l'amour, non, c'en était trop.

Pourtant, alors qu'ils avaient rompu dans les larmes et la douleur, elle commença à rêver un tout petit peu de l'appartement. À peine. Elle ne se serait pas autorisée à y rêvasser plus de quelques minutes. Mais il était là dans ses songes accroché désormais à la silhouette de Thomas, elle imaginait les fenêtres et pensait à sa grand-mère dont elle avait beaucoup aimé la présence, elle se demandait si ces fenêtres étaient à l'espa-gnolette. Elle les ouvrait, les refermait, se retour-nait et disait à Thomas derrière elle dans la pièce, la nuit est tombée, ou bien, il y a du vent ce soir. Il lui avait dit dans quel quartier se trouvait cet appartement et même signalé le nom de la rue. Elle revoyait très bien cette rue, la petite place en demi-lune aménagée au milieu de la voie où se trouvait une fontaine sur le bord de laquelle ils s'étaient assis pour manger des glaces un jour qu'elle était à Bordeaux. Elle voyait même de quel immeuble il s'agissait car ils l'avaient remarqué. Alors dans sa maison de Sorge, séparée de Thomas mais aussi de Guillaume, seule et plutôt tranquille depuis quelques jours, elle lève les yeux vers les fenêtres de l'appartement. Elle reste assise sur la margelle de la fontaine dont la fraîcheur lui fait un peu mal aux reins, Thomas n'est pas là, elle mange une glace, laisse les gens passer, les amoureux se tenant par la taille, les garçons à bicyclette, et elle regarde les fenêtres en se demandant s'il lui sera jamais possible de vivre avec Thomas.

Il avait été beaucoup trop impétueux. Lui imposer cet appartement, comme cela, alors qu'il savait bien combien elle se dérobait. Une marque d'amour? Oui, certainement, mais Anna ne supportait pas l'amour qui veut prendre, retenir, assigner à résidence, ne l'avait-il pas compris? Tu ne viendras y passer que quelques jours de temps en temps, lui disait-il, nous y serons seulement mieux que chez moi où vit mon fils ou à l'hôtel. Oui. Mais qu'elle y vienne ou non, ou très peu, ce serait quand même leur appartement, un appartement conçu et acheté pour eux, pour leur couple. Formerait-elle donc un couple avec Thomas? Non, non, on ne vit pas avec Jude

l'Obscur. À la rigueur on l'épouse dans une cérémonie qui figure dans une sorte de roman, mais
on ne partage pas avec lui un appartement même
haut de plafond dans une rue qui a un nom, près
d'une place qui en a un autre, de sorte que tout
cela forme une adresse postale où l'on peut vous
écrire, que l'on doit signaler. Mais l'appartement
vide qui attend est évidemment devenu le centre
de Bordeaux. Ils reprennent contact parce qu'elle
ne peut plus vivre sans Thomas mais aucune allusion n'est faite à l'appartement. Elle retourne à
Bordeaux, ils se promènent, par hasard ils passent
dans la rue et s'asseyent à nouveau sur la margelle
de la fontaine, ils ne regardent pas l'immeuble
qui est devant eux. Tu y es allé un peu fort, lui
dit-elle. Oui, je suis désolé dit-il. Mais à aucun
moment il ne dit qu'il a renoncé à l'appartement.

Il l'emmène dans une autre maison où il a eu
ses habitudes. Une maison qu'il n'habite plus, où
vivent des amis partis en vacances. Elle y entre
comme un chat qui lorsqu'il a beaucoup plu lève
la patte, la laisse un instant suspendue, cherche
un coin sec, n'en trouve pas et n'avance alors
qu'avec répugnance mais curiosité aussi, pour ces
nouvelles sensations. C'est drôle d'entrer dans
une maison où Thomas Lenz a beaucoup vécu,
mais ce qui l'est encore plus et qui est bien, c'est
qu'il y circule avec la même retenue et la même
absence de familiarité que partout ailleurs. Il
n'est nulle part en terrain conquis. Qu'il s'asseye

dans un fauteuil où sans doute il s'est assis cent fois, il est comme dans n'importe quel fauteuil d'un hôtel ignoré du bout du monde. Qu'il prenne un verre, prépare un plat, traverse une chambre, il se conduit comme dans une maison louée le temps des vacances, où l'on ne retournera jamais. Cela plaît beaucoup à Anna cette distance d'avec les choses, les souvenirs. Elle-même a toujours détesté revenir dans le passé. Qu'elle se trouve parmi les meubles et les étoffes de son enfance, elle s'acharne à les repousser, à les dépersonnaliser, à les considérer comme tout à fait étrangers à elle. Rien ne lui paraît plus obscène que les «objets sentimentaux». Ce n'est pas qu'il soit abstrait, Thomas Lenz, non, il a bien ce corps pareil à une lame qui ouvre la ville comme un fruit, mais comme elle, et ce n'est pas leur première ressemblance, il est hors de question qu'il fasse alliance avec le passé.

Oui, ils ont la même horreur masquée du passé. L'un et l'autre conservent les formes, les usages, car il faut toujours tromper l'ennemi pour avoir le dessus, c'est la seule manière, l'affronter de face est impossible, on perdrait. Ils font donc semblant de conserver un intérêt affectueux pour le passé, il y a même des moments où ils y croient eux-mêmes, ils savent parfaitement – quelle science élaborée par des années de prudence! – rendre ce passé inoffensif en le détruisant dans leur esprit, en le faisant imploser, et ainsi peuvent-ils évoquer parfois leur enfance comme si ç'avait été une enfance naturelle. C'est d'ailleurs très sage de faire de la sorte car nous avons tous besoin d'une enfance imaginée. Elle aime la manière dont il ne touche pas les choses. Et les touchant, sa façon de faire comme si ces choses étaient sans âme. Ce sont ces ressemblances, parfois, qui fabriquent l'amour fou. Les draps de cette maison ne lui disent rien, les couvertures non plus, il ne sait d'ailleurs même plus où elles sont rangées, les lits sont inconnus, les chambres non visitées, il est tout à fait heureux de montrer à Anna où il a vécu autrefois, et elle aussi qui circule dans son songe comme si c'était le sien.

Depuis cette visite, leur alliance à tous deux est évidemment renforcée. Naturellement ils n'ont pas de mots pour cela et d'ailleurs il n'y a pas de mots, non pas que la chose du passé soit atroce au point de vous priver de langage, non, c'est beaucoup plus fin que cela : la chose du passé est imprécise, très vague, sans corps. À dire vrai, la chose du passé n'a pas de forme. Mais ce qui a toujours été compliqué pour tous deux, c'était justement qu'elle n'avait pas de nom. Ce ne fut pas une violence faite à leurs corps ; c'en serait plutôt une faite à leurs consciences. Quelque chose a éraflé leurs consciences. C'est pourquoi Anna Lore lorsqu'elle voit s'avancer Thomas Lenz dans la rue de Sorge en août 2002 tombe immédiatement amoureuse de lui, et pourquoi

Thomas Lenz se trouve soudain à ce point accaparé par elle. Le mystère, le seul mystère, c'est que l'on puisse ainsi reconnaître cette éraflure chez l'autre alors qu'il n'a pas encore ouvert la bouche. C'est donc qu'elle est dans le corps. C'est donc qu'elle apparaît aussi dans la seule présence. Est-ce le fait que quelqu'un paraît curieusement isolé alors même qu'il bavarde avec d'autres ? Peut-être. Thomas disait qu'auparavant, lorsqu'il voyait Anna passer dans Sorge car déjà il l'avait remarquée, elle le frappait par sa froideur et sa distance. Mais non, proteste Anna, comment as-tu pu me voir comme quelqu'un de froid et de distant ? Moi qui suis si heureuse de rencontrer des gens de connaissance dans Sorge, vais toujours vers eux, bavarde avec animation et gaieté. Je ne sais pas dit-il, je te trouvais glaciale.

Et lui. Non, il n'était certainement pas glacial ; il était parfaitement courtois et aimable comme elle peut l'être aussi, elle, lorsqu'elle ne sent rien, et surtout lorsqu'elle ne sent rien. Lorsqu'elle ne sent rien ce qui est très souvent, elle est la femme la plus charmante qui soit. Attentive, affectueuse, animée. Mais quand elle sent quelque chose, elle peut aussi redoubler d'attention, d'affection, d'animation justement pour arrêter de sentir, pour recouvrir cela, pour étouffer cela. Ce qui fait qu'en règle générale je suis vraiment exquise, dit-elle en riant à Thomas. Il rit aussi. Il voit très bien ce qu'elle veut dire. Ils s'étudient comme deux animaux de la même espèce, sachant les ressources de l'autre, son étrange et comme fausse vulnérabilité, sa capacité de se retourner d'un coup de queue. Guillaume solaire était très fort, mais Thomas l'est davantage encore car il n'a pas peur de perdre. Ils ne se touchent pas tandis qu'ils se promènent inlassablement dans les rues de Bordeaux, mais parfois, lors d'un concert par exemple auquel ils assistent, leurs mains sont si serrées, ils enserrent tant leurs poignets, leurs avant-bras, que l'on croirait qu'ils s'accrochent l'un à l'autre comme à la perspective ou au souvenir d'un désastre. Tout le monde doit trouver charmants ces amoureux si amoureux. À vrai dire ils le sont.

Elle brûle d'être avec lui comme on le serait dans une rivière, allongés, laissant les eaux vous recouvrir, jouer entre vos membres, glisser sur votre ventre, votre cou et parfois de fins poissons passent entre vos jambes, bondissent au-dessus de votre cuisse, des herbes molles vous caressent, vos cheveux vont flottant et au-dessus de soi il y a de merveilleux branchages aux feuilles vert vif, au-dessus encore un ciel bleu et dur mais très lumineux et les pierres sous l'eau ont presque l'air d'être de chair. Ils se feraient embarquer, ils remonteraient le cours de la rivière comme deux esquifs, deux corps célèbres dans l'Histoire de l'amour, elle pense à la Risée, grande rivière près de Sorge dont les berges peu aimables sont faites de gros rochers brutaux et noirs mais dont l'eau est limpide, très basse, au point que parfois on peut la traverser mouillé à peine jusqu'aux genoux. Mais pourquoi donc songer à se noyer, à dériver ainsi ? Mais non se dit Anna en regardant par la fenêtre de sa maison qui donne sur le jardin, non, il ne s'agit pas du tout de se noyer bien au contraire, il s'agit de s'abandonner enfin au courant, avec lui qui n'est pas Jude l'Obscur mais Thomas Lenz, qui a un vrai corps de chair très joli, dont les yeux rient parfois et de plus en plus souvent et dont la main gauche ne porte aucune alliance.

Elle voudrait lui acheter un bracelet. Un tout petit lien à peine visible autour de son poignet fin et brun qui lui fit grand effet la première fois qu'elle le vit. Il n'aimerait sans doute pas cela car c'est l'homme du monde le plus opposé aux signaux. Elle aimerait lui faire des cadeaux, elle qui n'a jamais su qu'offrir à un homme. Mais elle pense parfois encore à Guillaume si fier, à son visage d'aigle dans la neige, à la chaleur considérable de son corps qu'il mit au service d'Anna pendant si longtemps, tant de jours et tant de nuits. Elle est effarée qu'il recule dans le passé celui qu'elle a tant aimé et avec qui elle pensait que c'en serait ainsi jusqu'à la fin de leurs vies. Est-il, lui aussi, en train de l'oublier à ce point ? Je t'aimerai toujours, disait-elle au moment de leur rupture. Mais bien sûr que non, disait-il, on oublie tout, cela va même très vite. Alors parfois encore elle le fait resurgir mais désormais volontairement, honteuse comme d'une tâche oubliée, pour être fidèle à ce souvenir par dévotion. Elle le voit devant un oratoire sur une volée de marches dans Naples où ils s'étaient aventurés sans le savoir dans un quartier un peu dangereux, dans la chaleur de Pompéi presque désert ce jour-là, dans les ruines de Sélinonte en Sicile, et cela lui fait mal de penser à lui comme si tout cela était vraiment fini, vraiment derrière eux. Mais sa voix au téléphone, depuis la rupture, a changé. Ce n'est plus le même homme, ce n'est plus Guillaume qui l'aimait, dans sa voix s'est coulée une fraîcheur qui n'y était jamais et lorsqu'il lui dit : tu me reconnais ? Mais voyons, bien sûr, je ne suis pas devenue amnésique, répond-elle affectueuse, en riant. Or, pendant une seconde il est vrai qu'elle n'a pas reconnu cette voix qui ne l'a pourtant quittée qu'il y a quelques mois à peine, cette voix qui lui parlait, la berçait, la soutenait, jouait et dansait avec elle chaque jour à chaque heure pendant vingt années.

Sommes-nous donc tous si familiers de la mort et du deuil pour pouvoir ainsi mettre une croix aussi vite sur ce qui a été vécu ? Ou est-ce seulement Anna Lore, répugnant tant au souvenir, et qui par deux fois déjà ayant perdu des êtres qu'elle aimait, sa mère puis sa sœur suicidées, a appris à ne pas s'attarder, pas se retourner ? Dans le cimetière où sont ces femmes elle dépose sur la tombe des coquelicots, des gentianes, parfois des boutons-d'or. Il arrive que du doigt elle suive sur la stèle l'inscription de leurs noms et de leurs dates de naissance et de mort, boîtes closes de quarante-trois années qui renferment leurs vies, toutes leurs pensées, tout ce qu'elles ont vécu, senti, touché. Elle n'éprouve pas grand-chose devant le caveau bas et luisant sinon le sentiment d'être un peu égarée dans ce jardin. Elle y croise parfois sa sœur Laure qui de son côté est venue rendre sa visite, elles se font signe d'un bout du cimetière à l'autre. C'est d'ailleurs à peu près la seule relation qu'elles ont : se faire signe au-dessus des tombes. Elles s'avancent l'une vers l'autre tranquillement dans les allées d'herbe, Laure cueille une mauve, Anna redresse un vase tombé, le vent a fraîchi dit Laure, oui, c'est joli ces fleurs rouges, non? demande Anna, et passant leurs mains sur les pierres chaudes des tombes, elles sortent ensemble du jardin de la mort par une grille qui grince exactement de la même manière depuis leur enfance.

Guillaume, Guillaume, où es-tu donc parti? Comment as-tu pu m'abandonner? songe-t-elle. Mais maintenant c'est fait. Il disait : quand tu m'as annoncé que tu aimais quelqu'un d'autre, quelque chose s'est brisé en moi. Elle prenait cela pour de la mauvaise littérature, les choses toutes faites que l'on dit quand on ne sait trop, au fond, ce qui vous arrive. Mais sans doute est-ce vrai, il se peut même que déjà avant l'aveu, dans le bois noir et blanc lorsqu'il eut soudain ce visage d'aigle, tout ait été consommé. Oui, c'est le visage d'aigle qui marque la fin, comme le point après le dernier mot d'un texte. Ensuite sont les redites, les tentatives de poursuivre, le désir d'aller plus avant, d'essayer encore car on n'aime pas quitter un livre que l'on écrit, on voudrait toujours être dedans, être éternellement dans cette rivière-là. C'était si beau de l'avoir trouvée, si inespéré, si grandiose. Ce n'est pas tous les jours que l'on trouve un livre à écrire, une histoire d'amour à vivre. En général, tout ceci se dérobe et l'on passe son temps à courir derrière, un peu malheureux d'être en exil. Le livre de Guillaume commence lorsqu'il est apparu il y a vingt ans dans la salle à manger d'Anna, dans un costume bleu marine qu'il n'a jamais porté, et s'achève dans la neige le jour où ils n'ont plus su comment se parler. Vaste et profond livre comme un lit plein d'odeurs, grand livre, sorte de Bible, d'Ancien Testament, tandis que celui de Thomas est le Nouveau.

Ainsi avancent-ils désormais l'un vers l'autre, Anna Lore et Thomas Lenz. Il ne se contente plus d'apparaître. Dans une sorte de très grand paysage qui leur appartient, ils arrivent de loin chacun à la rencontre de l'autre. Autour d'eux il y a des tambours, de la musique. Comment pouvait-elle le confondre avec Jude l'Obscur! Il ne ressemble pas du tout à Jude l'Obscur, voyons. D'abord il est de chair, il a un cœur, il le lui a suffisamment démontré depuis dix mois, il rit et dit des choses amusantes, il rit d'un rire qui vient de très loin, qu'il eut pour la première fois dans le lit et qui frappa Anna. Il serre frileusement autour de son cou une grande écharpe qu'elle lui a donnée, il est un tout petit peu moins retenu qu'il ne le fut et ses pantalons ne sont pas si extraordinaires que cela mais ce qu'il y a dessous, si. Il a un sexe qui saigne. Quand il est malheureux, son sexe saigne. Comme la blessure du Roi pêcheur. Et son sexe saigne parfois, parfois seulement, depuis qu'il a rencontré Anna. Avant, il n'avait jamais saigné. Il consulte des médecins, fait des examens, il n'a rien. Aucune lésion, aucune infection, aucun désordre organique. Personne n'y comprend rien. Et d'ailleurs, s'il est heureux avec Anna et si Anna l'aime, il ne saigne pas. C'est lorsqu'elle le quitte, lorsqu'elle veut rompre que dans son sommeil quelque chose se prépare dans son corps. Il s'éveille et il saigne.

Était-ce cela qu'elle avait senti quand elle avait pensé que leurs deux blessures s'accolaient ? Naturellement, elle n'avait pas imaginé que cette accolade fût à ce point éloquente. Mais il est vrai que depuis le début, depuis le deuxième café pris dans Sorge en août 2002, elle avait été intriguée par ce sexe, non comme instrument de plaisir mais comme s'il cachait le secret de Thomas, comme si le secret de Thomas était là. Il se montre surpris et courageux devant ces manifestations tout de même inquiétantes. Il ne s'affole pas. Il constate. C'est Anna qui s'inquiète, qui voudrait qu'il consulte des spécialistes, mais des spécialistes de quoi ? De la blessure ? Thomas n'est nullement fait pour les analystes. Non, pense-t-elle, en dehors de mes caresses et de mes baisers, en dehors du contact de mon corps, il n'y a que la littérature pour soigner ce mal-là. Alors elle lui fait lire des livres et l'épanchement s'arrête. Pas n'importe quels livres bien sûr, seulement ceux qui sont écrits dans un tel état d'esprit qu'ils cautérisent. Mais il faut à Thomas de plus en plus de livres, de plus en plus souvent. De Sorge où elle vit encore partent chaque semaine de sa bibliothèque ses livres préférés pour Bordeaux. Dès qu'il a fini sa journée de travail et quitte le centre de recherche où toute la journée il a étudié des crimes, Thomas rentre chez lui pour lire, surpris de découvrir à quel point cela fait du bien. Piotr Sengel et Alexandre Eder lui font un bien fou. Tomaso Landoli rate la cible ; tiens, elle aurait cru Tomaso Landoli très sûr. Il ne l'est apparemment pas. Effie Karane ou Marie des Fossés arrêtent le saignement dès la première phrase. Et Anna Lore se rend compte que dans sa bibliothèque de mille livres il n'y en a peut-être que cinquante pour suspendre une hémorragie qui n'a pas de cause scientifiquement détectable.

Aura-t-elle donc affaire à un homme malade ? Pas plus qu'elle, mais sans doute faudra-t-il le soigner comme elle l'a été elle par l'amour et les soins de Guillaume. Elle n'a jamais rien eu d'une infirmière, Anna, mais ce lieu commun si sot selon lequel un jour c'est à votre tour de donner ce que vous avez reçu n'est peut-être pas si sot. Elle reste encore méfiante, prudente, il ne faudrait pas que Thomas ait obscurément senti ce goût qu'elle aurait de guérir et que, tirant sur cette corde-là, il n'ait saigné en toute innocence que pour mieux l'attacher à lui. La vulnérabilité est bien souvent le plus grand chantage du monde. Fuyez les déprimés; ils ne font appel à votre énergie que pour vous l'ôter. Ils n'ont aucun égard pour votre force; ils vous l'envient et vous haïssent d'être heureux. Mais Thomas n'est pas de cette fabrique-là. Elle le voit traverser le désert pour venir à elle, son écharpe bleue autour du cou, le visage mat un peu asséché par le vent, le soleil, le sable. Il aurait très bien pu mourir seul au désert; il n'en aurait fait aucune publicité. Sa familiarité avec la solitude, les cailloux, parsemée seulement de quelques oasis est si grande qu'il s'y serait sans doute senti presque mieux que dans l'amour. Souvent la fièvre monte et descend en lui à la vitesse d'un coup de fusil comme cette extravagante nacelle à la fête foraine de Bordeaux, fièvre elle aussi sinon sans objet du moins sans cause apparente. Parfois, lorsqu'il dort, il a presque l'air d'être mort.

Mais n'est-ce pas leur amour qui est semblable à ce coup de fusil de Bordeaux? Au son de leurs voix au téléphone, la fièvre monte et descend avec une vitesse, une violence qui les laisse pantois. Sitôt qu'ils sont ainsi en contact, au simple son de leurs voix mais aussi parce qu'elle parle à Jude l'Obscur et lui, Dieu sait à qui, à une image aussi sans doute, ils sont embrasés non vraiment du désir de coucher ensemble, non exactement de ce désir-là, mais du désir de se toucher même habillés. Moi, dit-elle, ce dont je rêve c'est que tu arrives et alors que tu portes encore ta veste, de glisser une main dessous et de toucher ta taille, ton flanc, par-dessus la chemise. Pour commencer, c'est tout ce que je veux. Il me semble même que ce pourrait être tout ce que je veux. Le reste, tu vois, est presque secondaire pardon, mais toucher ton corps, te toucher là et je ne sais pas pourquoi là en particulier, au fond c'est tout ce que je veux, cela suffit à me combler, un peu comme s'il avait été si impossible de te toucher qu'accéder à cet endroit est déjà absolument incroyable. Moi, dit-il, je veux d'abord te voir, c'est cela qui compte en premier, et puis ensuite t'entendre, puis te sentir. Le reste aussi vient après, mais c'est comme si cela était moins important pardon. Te voir, c'est déjà un tel événement. Peut-être que la fièvre tombera alors, dit-il. À la fois j'en serai soulagé parce que c'est fatigant d'être si fiévreux depuis si longtemps, mais si elle tombe parce que je te touche, alors vraiment je serai furieux contre moi. C'est que je ne maîtrise vraiment rien.

Elle rit. Elle l'attend. Il viendra avec sa veste de tweed ou une autre, il aura l'air extrêmement maître de lui-même, il ne se jettera pas sur elle loin s'en faut, il ne bougera pas, la grande merveille. C'est elle qui se pressera contre lui et ce sera comme s'il n'avait pas de mains, pas de bras. Mon Dieu, Guillaume était comme Shiva avec ses mille bras et ses mille sexes. Elle touchera son flanc, là où le Christ a été transpercé, car l'un fut Dieu le Père et l'autre est de toute évidence le fils, et à ce contact, sa tête se rejettera en arrière, elle criera. Cela est-il l'amour ou est-ce une folie ? De sa voix il l'enveloppera, ils iront au lit mais ce ne sera pas du tout comme avec Guillaume avec qui aller au lit était promesse de merveilleux plaisirs. Aller au lit avec Thomas est autre chose, elle l'avait bien expliqué à Guillaume qui n'a pas compris, ce peut être comme si l'on retournait à l'enfance et à ses duretés. Mais ce qui se passe là est si grave, ils sont à la fois émerveillés et désolés, ils sont si tristes et si heureux de s'être trouvés que c'est comme une cérémonie secrète où l'on fait les choses en songe. Déjà la première fois elle avait trouvé qu'il avait ce corps de Christ et avait rejeté cette idée comme trop simple, trop facile, masquant sans doute une autre image plus inté-ressante. Mais elle le lui avait dit et il avait bondi, indigné, choqué par cette comparaison douteuse et sacrilège.

Il y a en lui une irritation qui gronde, jamais à découvert, toujours à bas bruit comme la rumeur d'une grande ville lorsque l'on est dans son appartement, le bruit du sang lors d'un Doppler veineux. Elle avait entendu ce son dès leurs premiers cafés pris dans Sorge le deuxième été, celui d'août 2003. C'était cela qu'elle écou-tait alors qu'ils parlaient des habitants de Sorge, de leurs occupations, de leurs lectures. Est-ce de la colère ? se demandait-elle. Une violence bien contenue qui pourrait un jour exploser ? Elle le voyait comme un volcan dont l'intérieur frémit et bouge. Non, disait-il alors, non, je vous assure, il n'y a pas de colère en moi. Mais elle ne le croyait pas, elle pensait qu'il ne savait pas très bien ce qu'il y avait en lui. On n'a pas un corps si ramassé, si tendu, si dépourvu de graisse, si semblable à du buis ou de l'olivier si l'on ne contient pas très fermement quelque chose. Littérature, disait-il pour la vexer un peu. Mais elle est assez vieille, Anna Lore, pour savoir que l'on dit littérature dès que quelque chose est vrai et fait un peu mal. Tandis qu'au café des Alizés ils fumaient chacun leur cinquième cigarette, côte à côte, regardant devant eux un square où l'on accrochait des lampions pour un bal, elle visitait ce corps assis auprès d'elle, ce corps si nouveau dans sa vie. Elle le comparait à d'autres. Philippe aussi, le cordonnier, avait un corps mince et tendu, mais le corps de Philippe avec qui elle bavardait parfois n'abritait pas comme celui de Thomas une rumeur, une clameur. Le corps de Guillaume, lui, était une forêt profonde et calme, très vaste, très haute, où l'on entend claquer soudain les ailes d'un oiseau qui s'envole ou change de branche.

Tandis que Thomas la rejoint, elle rêve et rêve encore Anna Lore, car il faudra quitter le songe dans quelques pages et ce sera bien dommage. Plus il se rapproche d'elle, plus s'annonce la fin de ce roman qui mit en scène une déchirure, plus elle en parle autour d'elle, à toute heure, à chacun. Jamais elle n'a autant voulu que dans les arbres, dans les pierres, dans l'herbe, dans les cerveaux et dans les corps de ceux qui l'entourent s'inscrive son histoire. Hier, elle dîne avec son ami Pierre chez des amis. Il fait beau et doux, ils restent longtemps au jardin au-dessus duquel le ciel est orange, une tortue traverse la pelouse, des roses crème et jaune pâle grimpent le long des murs, elle pense à Guillaume parce qu'en se rendant chez ces amis en voiture, ils se sont arrêtés dans une station-service où elle a acheté des bonbons comme elle le fit cent fois avec Guillaume sur les routes. Son cœur d'abord se serre, puis le malheur l'emplit d'un seul coup, se retire, revient, repart. La grille de la maison lui fait mal, elle aussi, parce qu'un jour ils passèrent auprès d'une grille semblable et Guillaume téléphonait à quelqu'un sur la route alors qu'elle se promenait un peu en l'attendant. Le beau jardin bien dessiné qui ouvre sur les blés avec au loin le clocher d'une église glisse à son tour de la tristesse en elle. Comme elle fut radieuse pendant vingt ans; elle ne regrettait rien, il n'y avait aucune image du passé pour entailler sa joie. N'a-t-elle pas fait une folie en quittant la joie pour la brûlure? Comment peut-on quitter la joie? N'est-ce pas diabolique, retors, faire les choses à l'envers que de quitter la joie pour la brûlure? Le mouvement habituel d'une vie ne se fait-il pas plutôt dans l'autre sens? Parfois, elle frémit un peu de l'horreur qu'elle a accomplie, comme ce soir-là tandis qu'elle déambule auprès de la maîtresse de maison et de ses amis dans un jardin aux bancs de pierre en demi-cercle, aux grands cerisiers palpitants. Regardera-t-elle désormais tout ce qui est beau, harmonieux, paisible avec cette tristesse d'un paradis quitté? Est-elle désormais condamnée à ne plus être heureuse comme elle l'était? Quitter volontairement le bonheur, n'est-ce pas la plus grande folie du monde?

Et puis elle a un peu peur de Guillaume. Lui montrant son envers dans la douleur qui l'a saisi, il a prononcé une phrase curieuse qui circule en elle comme un petit serpent. Il lui a dit, c'était à peine croyable, c'était effrayant que Guillaume puisse dire et penser une chose pareille, qu'il lui voulait du mal. Or, ils restent si liés par-delà les circonstances, les événements, les grands arbres du jardin de ces amis, les toits de Sorge, ceux de Paris, ceux de Bordeaux, les mille rues, toutes les routes, les bois, les champs, que ce qu'éprouve Guillaume Anna le sent, et ce qu'elle éprouve lui parvient. Aussi, si Guillaume lui veut du mal, veut qu'elle ait mal, veut que la vie d'Anna soit assombrie, sans espoir et sans joie, sans gaieté, cela circulera dans le corps d'Anna. Non, il ne peut tout de même pas avoir souffert au point de la haïr durablement, n'est-ce pas? Elle le revoit près de Chambéry dans le jardin de Jean-Jacques Rousseau aux Charmettes, il ne cessait de la photographier ce qui agaçait Anna et la faisait rire, plus tard, près du lac d'Annecy le moteur de sa voiture avait pris feu et ils avaient déjeuné au bord de l'eau, ils avaient cherché un garagiste, le monde était à lui, où qu'il soit il savait se débrouiller, œuvrer, préparer des surprises, inventer, changer de route. Non, un cœur pareil ne peut pas… Mais elle le craint car il est fort. Malfaisant, certainement pas. Mais si la douleur persiste en lui, il peut, comme tout le monde dans ces circonstances-là, perdre son habit de roi.

Si l'on peut combattre à peu près tout, il y a une seule chose contre laquelle on ne peut s'élever : c'est le mauvais œil. Si le mauvais œil est posé sur vous, vous n'avez aucune chance d'en réchapper. Bien des vies qui paraissent inexplicablement mornes, ensevelies, odieusement torturées ne doivent peut-être leur défaite qu'à cet œil qui les regarde et ne leur veut pas de bien. Le mauvais œil d'un être qui vous a puissamment aimé, a été puissamment meurtri, peut certainement voiler sinon pire votre existence. Mais que Guillaume se rappelle qu'après tout Anna vieillissait, qu'elle n'était plus cette flamme capricante du début, qu'elle n'était peut-être plus si désirable au fond, que ses maux de ventre et le besoin qu'elle avait d'être toujours distraite, toujours amusée, toujours stimulée étaient un peu pesants parfois. Anna vaut-elle la peine qu'on la regrette tant? N'était-ce pas seulement son genre de personnalité qui ensorcelait ? Sorti de son influence, ne sentait-on pas la vie plus juste en quelque sorte ? Elle faisait divaguer, Anna, parce qu'elle divaguait elle-même, mais dans cette fête n'avait-on pas parfois le regret d'une relation plus vraie, moins archaïque et moins fantasque, plus accordée aux choses de la vie ? Bien sûr, ils allaient s'asseoir sur le rocher Sainte-Anne et là elle broutait des herbes, comme une vache disait-elle, je veux savoir ce que les vaches sentent. C'est amusant une femme comme cela, cela vous relie au ciel et à la terre et quand elle part, tout semble redevenu carré et froid. Mais au bout d'un moment, ne sent-on pas quelque chose de plus juste, de plus vrai s'installer dans votre existence ? Une vie sans tristesse, est-ce une vraie vie ?

Demain, Thomas sera là dans la maison de Sorge dont Guillaume est parti. La fièvre s'est tant emparée de lui depuis un mois, ne rompant pas, jour après jour, et pourtant je t'assure je n'ai mal nulle part dit-il, j'ai même bon appétit, j'ai juste la tête un peu lourde surtout le soir, tu frissonnes demande-t-elle, non, dit-il, pas de frissons, qu'elle se demande comment sera ce corps à sa porte. Brûlant ? Du désir de la voir, oui, certainement, et elle aussi brûle du désir de le voir. Ce n'est pas tous les jours que Jude l'Obscur frappe à votre porte, sortant d'un livre, d'un très beau livre, et que le touchant on touche un songe.

Elle l'enveloppera comme un enfant car il a été si malmené il y a très longtemps Jude l'Obscur, elle veillera sur lui, il aura dans le lit ses yeux et ses fous rires d'adolescent, un peu étonnants au début pour une femme qui croit avoir affaire à un mystérieux justicier du Far West, à un horloger qui vend des clepsydres et des sabliers ou à un poète russe assassiné. Mais elle s'y est faite, Anna. Il y a dans son lit un garçon de douze ans, couché, joyeux, légèrement affolé, ne comprenant rien à rien, mais qui rêvait avec son grand copain fou plus tard suicidé de rencontrer un jour une femme qui dirait oui, oui, oui, et l'embrasserait. C'est dingue, dit-il. Elle rit.

# DU MÊME AUTEUR

*Aux Éditions du Mercure de France*

LES DÉBUTANTS, 2011 (Folio n° 5556)
UN CHAPEAU LÉOPARD, 2008
LE NARRATEUR, 2004
LE CHEVAL BLANC D'UFFINGTON, 2002

*Chez d'autres éditeurs*

PETIT TABLE, SOIS MISE! *Verdier*, 2012
LE.MAT, *Verdier*, 2005
AU SECOURS, *Champ Vallon, 1998*
FILM, *Le Temps qu'il fait*, 1998
LA PETITE ÉPÉE DU CŒUR, *Le Temps qu'il fait*, 1995
EVA LONE, *Champ Vallon*, 1993
UN VOYAGE EN BALLON, *Champ Vallon*, 1993
LES GOUVERNANTES, *Champ Vallon*, 1992

*Composition: Daniel Collet, In Folio*
*Impression Novoprint*
*à Barcelone, le 24 février 2013*
*Dépôt légal : février 2013*

ISBN 978-2-07-045051-0./Imprimé en Espagne.

**248309**